D E A R + N O V E L

ベランダづたいに恋をして

榊 花月
Kaduki SAKAKI

新書館ディアプラス文庫

S H I N S H O K A N

ベランダづたいに恋をして

目次

イラストレーション／青山十三

隣人と雨とそれ以外

1

全国的に、三日続きの雨らしい。

三階の角部屋から外廊下に出た葉室音生《はむろねお》は、鈍色《にびいろ》の空を見上げた。庇《ひさし》の下まで濡らすほどの、烈《はげ》しい雨ではない。けれど、新天地の一発目がいきなり雨天では、先行きを思わず案じてしまうのも無理はなかろう。

そういえば、ふられた日も雨やったなあと思い返し、そんなことを考えてしまった己《おのれ》にうんざりした。

突然異動の辞令が下り、彼女に捨てられ、たった一人の引っ越し当日。

というと不幸のどん底にあるみたいだが、実際にはこっちにいる友人が二人きて、さっきまでなにくれとなく手伝ってくれていた。そこまでの孤独とか不運とかの連鎖《れんさ》は、人生にそんな頻度《ひんど》で襲《おそ》ってはこない——はず。

二人を帰し、明日からの新生活に備え、買い物に出ようと腰を上げたところだった。

引っ越したばかりでも、彼女なしでも、生活は続いてゆく。明日はもう、新しい職場に出勤しなければならない。

ため息を一つ落とし、音生は傘《かさ》を広げた。

首都圏某所《ぼうしょ》にたたずむ、三階建てのコーポ。

今日からここが、音生の城だ。馴れない関東で、というか、三回しか来たことのない東京に勤めるやなんて、少なくとも去年の今頃は想像しもしなかった。人間、どこに運命が転がっていくかわからない。不意打ちがあるから、保険会社は儲《もう》かる。知らんけど。

とりとめのないことを思いめぐらしながら、階段を下りる。テニスコートに張ってあるのと同じ素材の床。よくあるコンクリとは違う。東京（千葉だが）は、さすがにおしゃれや。

感心してやったのに、三段ほど下ったところで、なぜか足が滑《すべ》る。

大きくバランスを崩し、音生は宙を抱きしめるような形でよろめいた。手にした傘が、離れてゆく。

おわっ⁉

その姿勢で、もう二段ほど下がった。というより滑った。

このままでは、落ちてしまう。いや百パーセント、落ちる。

焦《あせ》りと恐怖にすくんだ視界に、その時人影が映《うつ》った。

音生とは逆に、上がってくるところらしい。背の高さと骨格からして、男。広げた、大きな濃いワインレッドの傘。

「たすー」

相手は、びっくりしたように立ち止まった。こちらを見上げる目と、目が合った。眼鏡《めがね》のレンズが雨空を一瞬映す。

「——けて」

気づいたはずだった。今、なにが目の前で起きようとしているのか。一人の男の、絶体絶命——かもしれないピンチ。

助けて、という声も届いたはずだ。

だが相手は、完全に把握《はあく》した後、なんと、さっと身を翻《ひるがえ》した。

よけた……？

「あ、あ……」

ＳＯＳ、完全スルー。

そして音生は、雨の階段を豪快《ごうかい》に落下していった。

最後に目にしたものは、濡れた赤いラバーの階段だった。

火花が散った。

ブラックアウト。

……頬にかかる、冷たい滴《しずく》の感触に音生は目を開いた。

とたんに、ずきりと額の真ん中を痛みが射貫《いぬ》く。

えーと……。

左を下にして、俯《うつぶ》せに倒れているらしい。

眼下すぐに、雨のぶつかる踊り場の床。

そうだった。階段から落ちたんだった。

――コンビニ行こうとして、家を出て、階段下りてたら足がつるってなって……。

たまたま来合わせた男に救いを求めてみたところ、あろうことかよけられた。

そろりと手足を動かしてみる。特に異常は感じない。

床にしたたかぶつけた額が著《いちじる》しく痛む以外、とりあえず怪我はないようだ。

そのことにまず、ほっとする。

下手《へた》をすれば、そのまま召《め》されていた可能性すらあるのだ。生きててよかった。いや、マジで。

視線の先に、上向きにひっくり返ったビニール傘が転がっている。

雨に打たれながら微《かす》かに揺れているそれを摑《つか》み、音生はもう一度記憶を脳内に再生させた。

――落ちそうになったところで、誰か来たから「助けて」と言ってみたけど、よけられた。

思い出せばむかつく、その対応。

どこの誰だかは存じ上げないが……辺りを見回しても一人だということは、奴《やつ》は音生を見殺しにしたままどこかへ、彼の目的地へ去ったことになる。

普通あるか？　そんな話。

突然降ってきた見知らぬ他人を、タイミングよくキャッチできなかったことは責めない。そんなことは、ラブコメの冒頭でしか起こりえない。

だから、そこまでしろとは言わない。言わんけど、せめてその後のケア……救急車呼ぶとか、最悪でもその場で介抱《かいほう》につとめてくれるとか。

それが人としての道理ってもんやろ。

暗い怒りがこみ上げてきたが、憤慨《ふんがい》ばかりしているには額は痛み、雨は容赦《ようしゃ》なさすぎた。

音生は傘を拾い上げた。どのくらいそこで雨に打たれていたのだかは知らないが、さすと内側に溜まった滴がぽたぽた垂《た》れてきた。

く、くそう……！

憤怒《ふんぬ》が胸を衝《つ》き上《あ》げる。そして浮かぶ、あの有名なフレーズ。

――東京の人間は冷たい……。


「東京の人間は冷たい」というフレーズを、そもそも誰が最初に言い出したのだろう。

ベタな漫画や映画の中でも、既に本気でそれをつぶやく人間にはお目にかかれない。「東京」というイメージに対し、いつのまにか作られたイメージの象徴《しょうちょう》として吐き捨てられるにすぎない。

もはや「東京」を指し示す記号と化したそのフレーズを、まさか自分がリアルでつぶやくことになるとは思わなかった。石川啄木《いしかわたくぼく》以来かもしれない。いや、啄木そんなこと言ってないとは思うけど。

翌朝は、最悪な目覚めとなった音生である。あの後、コンビニではなくまず薬局に行って、処置に必要なものを買いこんだ。帰りにやっぱり、コンビニに立ち寄り、友人たちが飲み尽くした分のビールやウイスキー、焼酎《しょうちゅう》などを補給した。

額がどうにも痛んで眠れず、夜もすがらベッドを転々としたが、それは怒りを鎮《しず》めるために体内に注入したエキスの量が度を超したためかもしれない。

起床時間は、想定時間内のそれをかなり回っていた。

やばい。遅刻する。

たったかたーと着替え、顔もろくに洗わず、もちろん朝食抜きで出かける支度《したく》をする。

ばたばたしていたせいで、リビングに置いた、自慢のスピーカーを倒してしまう。

ぱりんと音がして、あっけなく窓が割れた。

嘘やろ。音生は呆然《ぼうぜん》と、破れた窓を見つめる。

いや、放心してる場合ではなかった。後、後。帰ってから考える。

それでもとりあえず、ガムテープで破れ目を補強し、急いで玄関を出た。やっぱり雨で、いったん室内にとって返し、傘を握《にぎ》ってふたたび外に出る。

隣の部屋のドアが、のっそりと開いたのはその時だ。

音生は足を止めた。いちおう隣ぐらいには挨拶《あいさつ》をしとくかと思い、そもそもその際の粗品を求めて買い物に出たはずが、そんな次第でまったく忘れていた。

とりあえずは挨拶だけでも今、という気になったのは社会人としてまっとうなことである。

身をひきしめた音生の前に、隣人が姿を現した。

なんやろ、この、ものすごい既視感。

目に入ったのは、赤紫の大きな傘だ。音生が摑んでいる、コンビニ発のビニ傘とは違い、ちゃんとしたナイロン製の台風などにも強そうなそれ。

その高級そうな傘を手にしているのは、かなり長身の、スーツ姿の男。

眼鏡《めがね》をかけていても、それとわかる端整な作りの顔だ。いや、相当な男前だ。少なくとも、音生のこれまでの人生には登場しなかったレベル。

だから、そんなのはどうでもいいとして。

問題は、その男に自分が見憶《みおぼ》えがあるということで、それは昨日の冷血漢に他ならず、音生を見捨てて去った先が、よりにもよって隣の部屋だったという事実——。

思い至り、音生はあんぐりと口を開いた。ま、ま、まさか。そこのおまえは、昨日のあいつかー!?

コノウラミハラサズニオクモノカとか妖怪《ようかい》新聞とか魔太郎《またろう》がくるとか、いろいろよぎった末の、よぎりすぎたせいでの絶句。

そんな音生を、相手は認識したものかどうか。

立ち尽くしているのに向かい、なんのつもりかにやりと笑った。

完璧《かんぺき》な顔立ちの人間にだけ浮かべることのできる、悪魔じみた笑顔。

昨日受けたマイナスイメージを、覆《くつがえ》すどころかダメ押し場外ホームラン、的なひとの悪そうな笑み。

奴は、そして、そのまま階段のほうへ向かう。かすかに右足を引きずっているが、それがなければ「すたすた歩み去った」と表現するところだ。

あろうことか、一言もないまま、大股《おおまた》に階段を下りていく。

その、赤紫の傘が完全に視界から消えた後、ようやく音生は己を取り戻した。

なんじゃそれ、なんじゃそれ、なんじゃ、それはあああ!!

むかつく。

といっても、この状況で、むかつかない人間なんかいない。

あれが隣の住人?

この先、なにくれとなくお世話になったりしたりするであろう、隣人?

ありえん。

昨日の所業を反省するどころか、まったく慚愧《ざんき》の念もない顔でさっさと通り過ぎてゆくような者に対しては、地獄《じごく》に堕《お》ちろと呪うしかない。

しばらく突っ立っていた音生だったが、急いで隣室のドアに駈け寄った。

音生の部屋と、寸分違《たが》わぬ紺のスチールのドア横のスペースに、音生がいずれパソコンで作ろうと思っていた、理想的な大きさのカードがおさまっている。

「明通寺《みょうつうじ》」

それが、あの憎《に》っくき隣人の名字であるらしかった。

「スターレコード」新宿《しんじゅく》東口店は、アルタから伊勢丹《いせたん》へ向かう大きな通りに面した一角にある、雑居ビルの一階から三階までを占めている。

いわゆる、チェーン展開のCDショップだが、拠点《きょてん》は関西であり、事実三年前までは名古屋《なごや》以東に店はなかった。

それが、いよいよ関東進出と相成って、まず若者の街・渋谷《しぶや》に一号店をオープンさせたのが三年前。

店は順調に収益を上げ、調子に乗った……いや、勇を得た社長が二店舗《にてんぽ》拡張し、このたび新宿に四号店がオープンした。

音生は、その四号店に店長として配属された。

地元に戻って働くつもりで、大学四年の時に「スターレコード」の採用試験を受けたものの、配属されたのは大阪は心斎橋店《しんさいばしてん》だった。

「宮島《みやじま》？ そのうち店を出すから、わっはっは」という話のはずだったのに、故郷にはいまだ支店がオープンしていない。

まあ、地元にできても、鹿《しか》とか猿《さる》しか集まってこんじゃろうし……。

半《なか》ばあきらめ、大阪に骨を埋《うず》める覚悟で仕事をしていたのに、ある日突然「東京の四号店の店長を命ずる」というおふれが出される。

なんじゃ、それ。とは思うものの、それが宮仕《づか》えのおそろしさ。

「東京なんか行けるかボケ」とか言えるのは、他にいろんな能力のある、ひとかどの人物だけで、多くのサラリーマンはお上の決定に逆らうことができない。

音生は今、まさにそれを味わっている。

「——そんなわけで、四号店も僕も、『今まさに』ここから始まるということです。至らない点は多々あるかと思いますが、どうか皆さん、そんな僕を助けて下さいますよう。よろしくお願いします……」

新宿店であるから、店長として派遣《はけん》された音生以外は、現地採用のスタッフだ。

つまりは全員、「スターレコード」的には新米である。副店長と、女子社員二名だけは、渋谷の一号店からの異動になるが、他は新規採用というフレッシュな店。

だが居並ぶ顔には、いかにも「ベテランです」という風格を漂《ただよ》わせる者もいるし、実際メンバープロフィールを見た限り、全員が関東者だ。

どうなんかなあ、俺にこの場が仕切れるんかなあ――。

不安はついて回るものの、彼らを前にそれをそのまま出すわけにはいかない。

せいぜい、弱気なことを口にしてるけど実際は自信満々で、なんかあったらおまえらなんか容易《たやす》くぶった切るかんなー！

……という、強気な店長像を打ち出していくしかない、というのが、心斎橋店の送別会で与えられた処世術だった。

まあ、そこまで東京人だからってだけで、退《しりぞ》けるつもりもないけども……。

なるべくリベラルにふるまいたいと思いながらも、「東京のもんは、困ってる人を手助けすることもようせえへん」という例の怨嗟《えんさ》はまだ効いている。

こんな奴らなんか信用せえへん、と思っている気持ちがどんだけ漏れてしまったか、と思えば情けない。そこはもっと、演技力とかでカバーせんと。

新宿東口店の、現行スタッフは、今のところ音生を入れて十三人。十三。不吉な数字だ。

但《ただ》し、それは早番だけを数えた人数で、夕方から閉店までは何人かアルバイトが入る。基本的に、各フロアは四人のスタッフが配置されているのは心斎橋店と同じだ。

副店長という位置づけの東雲《しののめ》と、契約社員である女子の片岡《かたおか》。社員は、他に経理の依辺《よりべ》という女子社員だけである。

依辺志津子《しづこ》は、三十代半ばの、暗そうな女だった。いかにも「経理！」という雰囲気を漂わせる風貌《ふうぼう》。

それだけならともかく、なんとなく疎《うと》むような表情でこちらを見ているのは、十ほども年下の上司に微妙な思いを抱《いだ》いているせいなのだろうか。

そういえば、依辺以外の者も、なんとも奇妙な顔つきだ。時々、首をひねるようにしながら音生の顔を眺《なが》めているようである。そんなに、新参者が珍しいですか——ほぼ全員、今日が初顔合わせのはずなのだが。

まあそんなもんやと自分に言い聞かせはしたものの、頼れそうな依辺が内勤では、何を、誰をよすがにやっていけばいいのか。

いやむろん、自分ががんばればいいのだ。他人を頼るな。店長なんや。

気合いを入れたところで、午前中の勤務時間が終わる。休憩《きゅうけい》は交代で一時間ずつ。その間、フロアには半数のスタッフしか残らないから万引きなどに気をつけなければならない。

バックヤードでやれやれと肩を揉《も》みほぐしていると、やはり休憩に入る東雲陽介《ようすけ》がやってきた。

「お疲れさん」

声をかける。

「あ、どもども」

東雲は、音生より一つ下の二十五歳。音生の年齢を考慮《こうりょ》してか、スタッフは全体的に若い。依辺を除いて、全員が年下だ。

わけても軽そうな、そう言って悪ければ陽気そうな男だが、軽薄な感じの返事をよこしながらも、やはりどことなく微妙な面持《おもも》ちで音生を見ている。

「なんだ。関西人が、そんなに珍しい？」

そこに思い当たり、音生は内心ちょっとかちんと来たのだったが、東雲は「そういうわけじゃないんすけどー」と否定して、

「その……店長の顔、なんですが」

言いにくそうに指したのは、額の真ん中だった。

「ココ？」

反射的に己が額に手をやり、思い出した。そうか、たんこぶ。絆創膏《ばんそうこう》が大きめなので、ちょっとひいたということか。

が、指に触れる感触は、今朝《けさ》張り替えた時となにか違う。

音生は、あわててロッカーを開け、鏡を覗《のぞ》きこんだ。

こぶは、成長していた。

貼った時には、粘着部分にぎりぎりかかるかという大きさだったはずだ。

それがどうだろう、今は隆起がそこからはみだしている。

あまつさえ、周りは青紫色に変色しているから、その様子は、まるで、まるで……。

「えーと……」

進化したこぶをたとえる、うまい言葉を探したが、残念なことに見当たらなかった。

しかし、それでわかった。それでみんなして、俺の顔を注視していたわけか。なるほど。

いや納得してどうする。そういえばすっかり忘れていたが、確認したことであらためて患部《かんぶ》が疼《うず》きはじめる。

「お客さんもひくよな、これじゃ」

「うーん……とりあえず、前髪下ろしてみてはどうでしょう？」

根は真面目《まじめ》な男らしい。東雲は、真顔でアドバイスしてきた。

「そ、そうか」

髪を下ろすと、童顔が強調され、さらに若く見られてしまうので厭《いや》なのだ。

しかし、客をぎょっとさせるのもしのびない。音生は、スタイリングした髪を崩《くず》すべく、洗面所に走った。

なんだって俺が、こんな目に遭《あ》わなきゃいかんのやろ。

せっかくムースで撫《な》でつけた髪を、水をつけて額に下ろした後、音生はしばし鏡の前で放心した。

額の絆創膏は——そこからはみだした痣《あざ》も——目立たなくなったとはいうものの、そもそも好きでこんなことになったわけではない。

それというのも、雨のせいだが、自然には逆らえない。となると、悪いのは助けてくれなかったあいつである。

明通寺。薄情な上、性格の悪い隣人。

なんであいつが、隣なんや。

通りすがりの通行人ならばしかたない。だが、隣人。これから、なにかと助け合っていく……かどうかは知らないが、いざという時に頼りになるのは近くの他人である。

しかし、頼りになどならないのはわかっている。階段を踏み外して落下してくる音生を、助けるどころか放置するような奴。

あらためてむかついた。何度考えても、理不尽《りふじん》な仕打ちだ。明通寺の、整い過ぎた顔や今朝のあの笑みを思い出せば、それだけでおかわり三杯はいけるほどだ。

なんぼ男前でも、あんなキャラやったら台無しや。

ちあきならば、中身がどうだろうと目をハート型にさせて「かっこいい！」と叫ぶかもしれないが。あいつ、面食いやからな。

別れたばかりの元彼女の顔まで、ひょんなことから思い出してしまった。

それもこれも、あいつ、明通寺が冷血人間なせいだと思うと、本来ちあきに対するはずの怨《えん》嗟《さ》まで、明通寺に向かっていくようだ。

結論。顔のいい男は信じるな。

ブサイクが、イケメンに対して抱く劣等感《れっとうかん》まじりのお門《かど》違いな怨みではない。そんなひがみ根性なんてない。ただ、あいつが嫌いだ。ちょっと男前やと思って、調子に乗りやがって。

明通寺がいつ、どんな形で調子に乗っていたのか見たことはないが、音生の中で奴は既に「容姿を笠《かさ》に着て、理不尽なふるまいを正当化する厭《いや》な男」だった。


あっというまに週末が来て、東京で迎える初めての休日を明日に控《ひか》え、だが音生は現在ひじように焦《あせ》っている。

鍵《かぎ》がない。

正確には、部屋の中に置き忘れた……。

鍵は最先端ぽいカード式で、内側のポッチを押して外に出れば、自動的にロックされるしくみになっている。開ける時は、カードを差し込みテンキーの暗証番号を押せばよい。

そのため、ロック解除の際などけっこうめんどうなのだが、暗証番号さえ破られなければ他人に開けられる畏《おそ》れはない。さすが東京。千葉だが。

その、大切な鍵を、部屋に置いたまま、今朝音生は出勤してしまったのだ。

しかも、帰宅し、ロックを解除する段になってそれに気がついたというまぬけぶり。どこを探してもカードがない。よく考えると、昨夜あそこに置きっぱなしにしてたなあと思い出し、いくら探しても出てこないことだけがわかった。入居のさいにもらったもう一枚のほうは、キャビネットの引きだしに放りこんだきり。せめて、合い鍵を渡すような相手がいれば。いや今そんなことは関係ない。

無駄だと知りつつ、押したり引いたりしたが、暗証番号を入力したところで、カードなしでは開くはずもない。

閉ざされたままのドアを叩き、喚《わめ》き出《だ》したいような気分。

こんなことなら、東雲たちと呑《の》みにいくのだった——誘われたのだが、まだ部屋が片付いていないのを理由に断ったのだ。それは事実で、窓の修繕《しゅうぜん》さえまだである。ほんらいの業務に加え、歓迎会だなんだで、この一週間はほぼ帰って寝るだけの部屋だった。開けていない段ボール箱が、リビングにいくつも転がっている。

こんな時にはどうするか。

ドアに当たるのをやめ、音生はうーむと考えた。

大阪時代のマンションには管理人室があって、こうしたトラブルの際は駆け込むだけでなんとか解決してもらえた。

また、大家がいる、あるいは近くに住んでいるようなアパートなら、同様の手段で解決できるだろう。

だが、どちらでもない、中途半端な感じのコーポ。管理人もおらず、大家的な役割は不動産屋が負っている。

その不動産屋に行くには、電車を一駅乗らなければいけない。

逆に言うと、電車で一駅行くだけで、なんとかなる。

めんどくさいのがなにより嫌いな音生だったが、ポジティブな発想の転換により、それだけのことやと自分に言い聞かせた。とにかく、部屋に入れないなら駅前のビジネスホテルにでも泊まるしかないが、一泊外泊したとしても、鍵が室内にある事実にはなんら変わりがない、という現状。

はーと息をつき、踵《きびす》を返そうとした時だ。

「どうかした？」

なんだかいい声が、背後でした。

はっとして振り返る。洋画劇場の吹き替えみたいなその声の持ち主は、

「……明通寺さん」

あの仇敵《きゅうてき》だった。冷酷《れいこく》無情にして、隣室に住む男前。

「こ、こんばんは」

敵を前にして、そんな間抜けな普通の挨拶しか出てこなかったのは、現在置かれている状況によりくらったダメージがでかすぎたせいか。

とりあえず平静を装った音生だったが、明通寺は訝《いぶか》しむような顔つきでこちらを見下ろしてくる。こんな時になんだが、ほんとうに長身イケメンとはこのことだ。眼鏡の奥の目は切れ長で、しかもくっきりとした二重瞼《ふたえまぶた》。

聡《さと》そうな光を放つそれを、なぜかどぎまぎと見上げながら、

「いや、その……鍵を置き忘れちゃったみたいで」

音生はしかたなく白状した。

明通寺は、やや目を見開くようにした。

「って、部屋の中に？　よくあるんですよね、そういうこと。俺も何回かやった」

嗤《わら》われるかと思ったのに、出てきたのはきわめて同情的なセリフで、音生は意外の念にうたれる。

「あ、やっぱり？　ここ、不動産屋が遠いから不便ですよね」

「そうそう、なんであそこで借りたのかなと思ったよ……とりあえず、うちに上がる？」

「えっ」

「いや、不動産屋に行くにしても。茶の一杯も呑んで、落ち着いたほうが」

「──俺、そんないっぱいいっぱいな感じですか？　今」

問うと、

「うん。かなり」

今にも噴《ふ》き出《だ》しそうな顔になった。あ、この笑顔……ひとの悪そうな、いかにも見下したような表情。

――と思いこんでいたのだが、言われている内容が極めて親切なものだったので、そのギャップで音生は理解に苦しむ。だが深く考える前に、あ、と思い出した。

「べ、ベランダ貸してもらえます？」

「え？ ……ああ、うちのベランダづたいに？ って、ベランダまでは行けても部屋には入れないじゃないか」

「入れるんです、今、うち、窓壊れてるから」

明通寺が、ここで爆笑しなかったのは評価できるというものだった。

目をぱちくりさせた後、今度はもう少し柔らかい笑顔になって、

「なるほど。じゃ、どうぞ」

素早くロックを解除して手招きしたから、音生の胸には「なんていい人やー」という感想が浮かぶ。さっきまでスーパー感じ悪男だったはずの隣人の背中が、今や神々《こうごう》しくさえ感じられる。人間とは現金なものだ。

「すいません。おじゃまします……」

脱いだ靴を持って、玄関を上がる。上がって右側のドアが六畳の洋間、左手にバス・トイレ。そして正面がリビングになっているのは、音生の部屋とまったく同じ間取りだ。

あたりまえなのだが、同じ間取りの部屋でも、住人によってずいぶん印象が変わるものだ。

明通寺家のリビングは、モノトーンの調度類でまとめられた、落ち着いた感じの部屋だった。かといって無機質ではなく、ほどよく散らかり、ほどよく整えられているという印象。ローテーブルの上で複数のリモコンが重なり合っていたり、床に開いたままの新聞や雑誌が放り出されてあったりと、いかにも「男の一人暮らし」といった趣《おもむき》。

と、勝手に一人暮らし認定してしまったが、どうなんだろう。

同棲《どうせい》とかはしてないかもだけど、彼女ぐらいはおるやろと見当をつけた。このルックスだ。

だが、部屋からは女の匂《にお》いは一切しない。掃除嫌いな彼女なのかもしれない。

そうじろじろ眺《なが》めるようなことはしないはずだった。

ただ、不躾《ぶしつけ》にならない程度に観察しつつ、ささっと横切らせてもらうだけの予定だった。

そうならなかったのは、薄型テレビの横に無造作に積み上げられたものが目に入ったからだった。

音生はやや目を瞠《みは》った。いや、DVDソフトなのはわかるけど。

だが妙に肌色率《はだいろりつ》の高いジャケット、キャミソールのストラップをわざとずらして横坐《よこずわ》りになった女、そしてでかでかと記されたタイトルは、『淫乱《いんらん》女子高・ひみつの放課後』。

思わず上から下までさっと眺めた。他のＤＶＤのジャケットはもちろん見えないが、一瞥《いちべつ》したところやたらと「淫」「汁」「悦」という漢字が目につく。

こ、これは……。

山と積まれた夥《おびただ》しい数のそれは、いわゆるアダルトＤＶＤ？

「開けたよ」

立ち止まっている音生に、明通寺が声をかけた。

我に返り、あわててベランダに出る。今見たものは、とりあえず頭の隅っこに片付けておくとする。

明通寺はつかつかと隣室——音生の部屋のベランダとを隔《へだ》てるフェンスに歩み寄り、迷いのない動作でガッとそれを蹴《け》った。左足からの強烈な一撃。

ちょっとそれは、豪快すぎやしませんかと忠告する間もあらばこそ、二つのベランダはいまや一続きである。

「どうぞ」

「あ、ど、どうも」

頭を下げ、そそくさ自分の側のスペースに足を踏み入れる。

明通寺の、容貌《ようぼう》に似合わぬワイルドな行動とキック力に気をとられたせいだろうか。

礼も言わなかったことを思い出したのは、窓の破れ目から鍵を外し、ようやく懐かしの我が家に腰を落ち着けた後だった。

うわ、そういえば、引っ越しの挨拶もまだや。

景品……とは言わないだろうが、挨拶の時に持っていくタオルとかのあれ。正式名称は知らない……も用意していない。明日は休みなので、とりあえず駅まで行って、なんか買おう。

気休めのビールをぐびりと喉に流しこむと、明通寺の部屋にあった、大量のアダルトＤＶＤの山のことが蘇《よみがえ》ってきた。

いや、男なんやしそれはしょうがない。観るなとは言わない。買うなとも。音生自身、そういう類《たぐい》のブツに世話になったことがないとは言えない身だ。

けど、あれはいくらなんでも――多すぎへん？

観たことはあるが、購入した経験はない。だいたいあれは、レンタルショップで借りるものと決まっている。

いやいや、明通寺とて買ったわけではなく、全部レンタルだとしても……それはありえないか。いっぺんにあんな量を部屋に集めようとしたら、何軒回らなければならないかという話。

つまり、確実に何枚かは購入して所持しているはずだ。何枚といわず、何十枚とか？

いやいやいや、だから悪いとは言わない。男やし。アダルトＤＶＤ鑑賞が生きがいっていう男がいたって、べつに不思議とは思わないし、ましてやキモいなんて。

――けど、あんな男前でも、やっぱりああいうモンが要《い》るんやなあ……。

つまりはそういうことである。あのクールに整った容姿から、誰がアダルトＤＶＤマニアという語など連想するだろうか。

そんなおねえちゃんじゃなく、リアルの女にいくらでももてるだろうに。あのルックスだ。もう選び放題遊び放題抱き放題だろうに。

それが、無聊《ぶりょう》をかこちながら休日は朝から晩までアダルトＤＶＤを観てハアハアしているなんて、泣けてくる……。

いくぶん妄想《もうそう》が暴走したきらいはあるが、とにかく明通寺の部屋であんな数のアレを目撃するとは思わなかった。

しかも彼は、それらを隠そうともせず堂々とリビングに山積みにしている。あれ絶対、彼女おらん。

で、無聊をかこち……もういいか。

それにしても、第一印象とはずいぶん違ったなあ。

最初が最悪だったせいか、普通に親切にされただけでもかなり好感度はアップする。

その上、「俺はアダルトＤＶＤ大好きなドスケベ野郎です」ということを隠そうともしない一面もあって、親近感もわいてくる。

見た目は人間離れしてる――ってこの言い方もなんやけど――が、実は人間味のある男。

それだけに、なぜ初日にあんな態度をとったのか……階段から落っこちようとしている者を、無情によけるようなタイプじゃないと思うからこそ、不思議だった。

「スターレコード」に定休日はない。棚卸《たなおろし》の時などを除けば基本、三百六十五日営業だが、従業員には週休二日が認められている。

正社員が優先されるため、普通の勤め人のように土・日を休むこともできるのだが、週末は客が多い。書き入れ時に店長が休んでいてはしめしがつかないというか、音生自身も今の仕事が好きなため、むしろ休みたくない。

で、水曜と土曜を自分の定休日にした。平日以外に休みがないのは、さすがに寂しい。友人づきあいもあるし……とはいえ、ばりばりの関西人、東京にいる知り合いなどたかがしれているのだが。

初めての休日である土曜も、そんなわけで特に用もなく、音生は午前中は荷物の整理をし、午後は近所を散策してよさげなカフェや呑み屋を探した。

夕方になり、駅前のスーパーに入る。自慢じゃないが、料理はけっこうできるほうだ。高校時代から一人暮らしをしているのと、もともと好きなのもあって、自炊は苦にならない。

とはいえ、今日はちょっと労働しすぎで疲れたから、簡単なものにしよう。

冷奴《ひややっこ》とほうれん草の胡麻和《ごまあ》え、それにマグロのカマでも焼くか。

カートを押して店内を徘徊《はいかい》している時だった。

ふっと見憶《みおぼ》えのある人影が視界をよぎったかと思うと、「あれ？」と振り返った。

「あー……明通寺、さん」

「なんだ、きみも買い物？　ええと――」

「葉室です。隣の」

「今日は湯豆腐か……」

明通寺は、音生の籠《かご》を覗きこんで言う。

なんとなく相手の籠を、音生もチェックすることになる。ビールが半ダース。いずこも同じ、か。しかも銘柄《めいがら》までいっしょだ。ＹＥＢＩＳＵ。

「いや、豆腐は奴なんですけど」

言ってから、はたと思い当たった。何度めだと自分でも思うが、引っ越しの挨拶と昨日の礼。

「あの、ご飯これからなんだったら、そこら辺で呑みませんか」

誘うと、明通寺はえ？　と目を瞬《しばた》いた。

「いや、俺まだ挨拶もしてへんし、昨日のお礼も……」

しまった、タオルがないぞ。かといって、この状況から生活用品コーナーへさりげなく移動するって難しそう。

「……なんなら、後日でも」

自然な感じでタオルを渡すためにも、むしろ後日に。

「いや。俺はかまわないけど。じゃ、ちょっと戻してくる」

だがあっさり受諾《じゅだく》された。明通寺はカートを押しながら去ってゆく。右足を引きずるのは、怪我でもしているのだろうかと少し気になった。自炊の習慣はないのか、ビールの半ダースパックの他は、出来合いの総菜ばかりだった。

ともかく、この隙にタオルを。辺りを見回し、そそっと生活用品コーナーに向かった。

「どこにしようか」

互いにほぼビールと朝食用のパンだけになったビニール袋をぶら提げ――男の一人暮らしにエコバッグという語は存在しない――スーパーを出た。

「俺は、まだこのあたりよくわからないんで、お任せします」

明通寺に問われ、音生は答えた。その後、

「いや、勘定《かんじょう》は俺に任せて下さい」

言うと、明通寺はにっとした。

「ふーん。おごりか。おごりならやっぱり……あそこしかないな」

あ、例の悪魔の笑顔。

踵を返した背中に、音生はいくぶんどきどきしながらついてゆく。おごりなら、であの顔をした、ということはかなり値の張る店なのか。だが両者とも、きわめていいかげんな服装――

似たようなTシャツにトレーニングパンツ。音生は半そで、明通寺は長そでというぐらいの違いしかなく、どう見てもサラリーマンの休日なその恰好で、小洒落《こじゃれ》たフレンチの店とか回ってない寿司屋《すしや》とか、ましてや懐石料理などに入るのは気がひける。

などと考えていたのだが、心配は杞憂《きゆう》だった。

「ここ」

明通寺が案内したのは、建ち並ぶ雑居ビルの一階である。

「ほー」

音生は看板を見上げた。寄席《よせ》文字風の「海鮮《かいせん》問屋　越後屋《えちごや》」という看板が誇《ほこ》らしげに掲《かか》げられている。

海鮮と回船《かいせん》をかけてるわけね、なるほど。けど、「越後屋」なら「ちりめん問屋」じゃないのか。

思ったら、

「まあ、越後屋ならちりめん問屋だろって話だけどな」

傍《かたわ》らの明通寺が、まさに今浮かんでいることそのままを言ったので、うおっと驚いた。

「観てますか」

「観てるね、さすがに再放送までは無理だが」

互いににやりとした。『水戸黄門《みとこうもん》』の再放送を、こちらでは夕方四時から流していることには水曜日に気づいた。

ともあれ、店はそう敷居《しきい》の高いところではないみたいである。それどころか、いたって大衆的な店っぽい。平日の夜なら、会社帰りのサラリーマンで席が埋まりそうというか。休日のまだ五時すぎとあって、店は空《あ》いていた。L字型のカウンターに、テーブル席が四つという小ぢんまりとした居酒屋である。奥のテーブルに案内された。各テーブルは仕切られており、プライバシーは守られているようだ。

「いらっしゃい。今日はお早いっすね」

臙脂色《えんじいろ》の作務衣《さむえ》を着た、若い男がおしぼりを運んできた。明通寺は常連であるらしい。

「いつもの、二つ」

「はいっ、いつものリャンで。今日は、ソラマメが新しいっすよ」

「じゃ、とりあえずそれとあと適当に」

「……いつもの、ってなんですか」

別の意味でどきどきしてきた。悪魔の笑顔が値段にかかるものではないとすれば、なにかとんでもないものを呑まされたり食わされたりする可能性が残る。

「いつものだよ」

手を拭《ふ》きながら、やっぱりにやっとする。

「葉室くんは、酒弱いほうなの？」

「や、それほどでもないですけど」

「謙遜《けんそん》するってことは、いける口か。いつもので問題なしだな」

って、そういうことは普通、注文する前に確認しておくものではないのだろうか。

「はい、いつもの、お待ち」

威勢のいい声とともに、大ぶりのジョッキが二つ、それぞれの前に置かれた。

「……なんですか、これ」

音生はこわごわ、ジョッキの中を覗いた。とりあえず、発泡《はっぽう》しているから炭酸か。透明なソーダに、赤紫の液体が帯状にうねっている。

「ブドウ割り」

「ブドウ割り？」

「うーん……一口で言うと、チューハイみたいなものを赤ワインみたいなもので割った、みたいな」

なんか秘密があるな。絶対にある。この、いっさい断定しない「みたいな」連打。

「まあ呑もう。お疲れー」

懐疑的な気分ながら、促《うなが》されるとつい、ジョッキを取り上げてしまう。かちんと触れ合わせた後、思いきって呑んでみた。

「！　っ、こ、濃い……」

チューハイは焼酎《しょうちゅう》を炭酸で割ったもの、赤ワインのアルコール度数はせいぜい一三、四度。

それがどうして、こんなに「ザ・アルコール」なのか。

「ワインっていっても、うちのはウォッカでブドウを漬《つ》けてるんすよ」

仕切りの向こうから、さっきの男が嬉しそうに教えた。

「それは、既にワインと言わないのでは……」

ただの果実酒だ。

「だから、ワイン『みたいな』って言っただろ」

涼しい顔でジョッキを傾ける明通寺は、実はいい人なんだかそう思わせてやっぱり悪い奴なんだかよくわからない。

「ちなみに、チューハイじゃなくってうちは泡盛《あわもり》っす！」

二発目のパンチが入った。音生はがっくりうなだれる。

「ちゃんぽんですか……」

「だから」

「『みたいな』ものって言いましたもんね、ええ」

音生もぐいっとジョッキを呷《あお》った。

「お、そう言いつついけるじゃないか」

「正体がわからんから動揺《どうよう》しただけです。最初からそんな中身だって知ってたら、そんなに躊《ちゅう》躇《ちょ》はしないっていうか」

「ただの酒好きか」

違うって。

焼きソラマメを剝《む》きつつ、音生は愉《たの》しげに笑う明通寺の顔を上目に見た。

中身はともかく、見れば見るほど端整な顔だ。リムレスの眼鏡を支える鼻梁《びりょう》は高く、上向きぎみな己《おのれ》の鼻をひそかにコンプレックスに感じている音生には垂涎《すいぜん》ものの、完璧《かんぺき》な形。唇はやや厚めだが、冷たすぎるほど整った顔の中にあると、それがかえってセクシーな魅力を与えている。

全体に、やっぱり人間離れした美貌《びぼう》なのだが、表情が加わるとそうでもない。ちゃんと血の通った人間だとわかる。

——それに、頭とかもよさそうや……。

見るからにエリート、といった雰囲気《ふんいき》を放つスーツ姿を思い浮かべる。気を抜いたトレーニングウエアでも、それなりに知的に見える。この恰好では、部活帰りの高校生と誤解されかねない自分とは大違い。

「葉室くんは、関西の人？」

ソラマメを口に放りこみ、明通寺が問うてきた。自分の顔を見て、音生がなにを考えているかなんて、まったくあずかり知らぬといったところか。

「あ、はい」

なんでわかったんやろうと思った。こっちでは標準語で通してんのに。

「そりゃ、端々のイントネーションとかが……ていうか、さっき思わず関西弁になってたし」

「えっ？　マジですか？」

目をぱちくりさせる音生に、にっと笑う。「気づかなかった？」と、またあの表情。

「全然気づきませんでした……こっち来てから、人前では標準語でしか喋ったことないんですけど」

「なんで？　いいじゃない。関西弁、俺は好きだけどな。いや会社にも何人か関西出身の奴いるけど、みんな親の敵《かたき》のように言葉直してないから、関西人ってそういうもんかと思ってたよ」

「いや、それぞれだと思いますよ……っていうか、関西っても広島なんすけどね」

高校から大阪で生活しているので、音生の言葉はもうほとんど大阪弁だ。そもそも故郷の言葉が通じなかったため、訛《なま》りを矯正《きょうせい》しようと気をつけた過去がある。郷には入れば郷に従え、を実戦しているわけだ。

いや、それよりも。好きだとさらっと言われて、もちろん変な意味などないとわかっているのになんとなくぎょっとしてしまったのは、どういうことだろう。この顔に、俺はちょっと呑まれかけている？　いや、そりゃ見たこともないようなレベルの美形ですけども……。

当惑《とうわく》しいしい反論し、それから思いついて、

「明通寺さんは？　家は東京なんですか」

逆に問うた。

「いや。俺は宮城」

「宮城……ああ、東北の？」

「そう。松島町《まつしま》」

「松島！　日本三景じゃないですか！　っていうか、俺は宮島なんですけど」

「えっ」

明通寺は目を見開いた。

「あの、安芸《あき》の宮島!?　……日本三景じゃないか」

「いやだから、明通寺さんも」

「奇遇だねえ」

明通寺は嬉しそうに、ブドウ割りを呑み干した。

「追加、同じもの二つ──」

えっ、二つ？　と思ってふと見ると、自分のジョッキもいつのまにか空《から》になっている。ペース速い。というか、なんかどんどん、親しみがわいてくるなあ。この人は、最初に感じたような冷血人間なんかじゃない、とまた思った。

「あと、天橋立《あまのはしだて》出身の奴見つけたら、トリオ組めますね！　トリオ・ザ・ビュー」

「はは。その発想がもう、さすが関西人！　てか、そんな名前のバンドがいたな」

「ビューしか合ってませんし！」

二杯目のジョッキでまた乾杯し、意味もなく盛り上がる。問われるまま音生は、今の職場やこのきてれつなネーミングのゆえんなどを語る——明通寺の下の名前は「綾高《あやたか》」というらしい。芸名さながらの名前をつけられた点においても、二人は親への不満や厭な思い出を共有しており、ますます盛り上がった。

明通寺から投げかけられる質疑の、半分ぐらいの頻度《ひんど》で音生は相手のプロフィールに探りを入れてみた。やはり大学入学とともに上京し、ずっと一人暮らしをしていることや、ここには二年前に引っ越してきたこと。三十歳になったばかりで独身、結婚歴はない。聞けば誰もがほーと一目置くだろう有名私大の出身、まではなんの違和感もない経歴だった。

だが、

「仕事は、何関係なんですか？」

訊《き》くと、ちょっと眉《まゆ》をひそめた。

機嫌好さそうだった顔が、やや翳《かげ》りを帯びて、音生をどきりとさせる。なんかこれ、まずい質問だった？

「いや、答えられる範囲で答えてくれればい……」

「——仕事は、映像関係？」

「って……芸能界？」

なんで半疑問形で答えるんだろうと思った。音生も声をひそめる。

「いやー……」

腕を組み、真顔になる。

「『ペガサスフィルム』って知ってる？」

「？」

それが社名だろうか。そうなんだろう。名前的に、なんか映画作ってるとかか。映像関係って言うたしな。でも残念、知らない。

「……知らないか。まあ、普通は知らないよなあ。AVは観ても、作ってる会社の名前までは。よほどの好事家《こうずか》でもない限り」

さらっと口にされた言葉は、一度聞いただけでは意味がわからなかった。

理解したとたん、音生は思わず大声を上げそうになった。え、えーぶいっ⁉

……おおげさに反応しなくてよかったと、後から思ったが、この時はやや上ずった声で、

「AVって、アダルトビデオの略ですよね？」

言わずもがなの質問をしただけだった。

「まあ、今やビデオは死語に等しいから、いいかげん名称変えろよって世間も思ってるよな」

そこがポイントなのか。

「いいんじゃないですか。いっぺん憶えたことは、なかなか人は記憶更新しませんよ？　いまだに、松下電器がパナソニックに改名したの知らない奴とか、けっこういますし」

「ああ。いまだに、アムロちゃんといったらスーパーモンキーズだろ的な？　『愛してマスカット』は名曲だ的な」

「……。さすがに、それはないと思いますけど……」

それにしても、AV作ってる会社で、この人はどんな仕事をしているのだろう。

男優？　とっさに浮かんだが、ないない、それはないとすぐに打ち消した。

「なにを考えてるか、わかるぞ」

気づけば、明通寺は腕を組んで窺《うかが》うようにこちらを見ていた。

どことなく、なにかを探ろうとするみたいな、と感じつつどぎまぎする。

「な、なにがですか」

「男優でも監督でも、いわんやスカウトマンでもありません」

「――」

「ただの営業」

肩をすくめる、そんな些細《ささい》な仕草さえ絵になる男。だが、勤務先はAV制作会社。

職業に貴賤《きせん》はないと心得ていても、やっぱりちょっと、そのギャップにびっくりだ。

だが、それでやっと得心した。あの、リビングに積まれたアダルトDVDの山。なんのことはない、自社作品のサンプルをただ持ち帰っているというだけだと。

やっぱり、この男前が本気であんなもん観てハアハアするわけはなかったんや。

思い、そのことになぜか安堵《あんど》している自分にひっかかる。

ということは、あたりまえにもてて、女選び放題遊び放題抱き放題、とまたその語が浮かぶと、こんどは胸がざわざわした。

うっとうしいなあ。じゃあ、どんな人なら満足なんや？　自己つっこみを入れれば、それらの考えがおかしいことぐらいわかる。

ただ愉《たの》しそうに笑っている相手を、悪魔の笑顔だなんて思ってはいけないことも。

ブドウ割りを五杯ずつ呑んだところで、二人は立ち上がった。

会計で、音生は当然のこととして財布を取り出したのだが、明通寺はそれを制し自分で勘《かん》定《じょう》をすませた。

「すいません。半額だから三千円でいいですか」

外に出てから訊《たず》ねると、「いいよ」といくぶんそっけなく返ってきた。

「や、それは困りますよ。そもそも、誘ったのは俺なんだし――今日になるまで挨拶もしてなかったし、あと昨日のことも」

「昨日の件は、これでチャラ」

明通寺は、手にした包みを振ってみせる。音生が手渡した、「心ばかりの品」……スーパーマーケットで買ったタオルセットだ。

特にスーパーで調達したという部分で、困っているところを助けてもらった見返りとしては気がひける。

だが、

「挨拶のほうは、俺の無礼のお詫《わ》びとして」

さりげなく持ち出されたそれは、初日のことなのだろうか。

階段を落ちてきた音生をよけた、という。

「助けなかったし……気になって見にいったくせに、なかなか起き上がらないの見て怖くなって引き返しちゃったし」

「は？　そうだったんですか」

疚《やま》しさみたいな気持ちがすっとひいて、代わりに脱力感が襲ってきた。まだ倒れてる、まずい、逃げろ……それは、犯人の心理じゃないだろうか。

いや、突き落とされたわけではありませんけども。

「――自分のせいで、誰かの運命が変わってしまうなんて、怖いよね」

考えていると、明通寺が付け足した。

「は？」

そんなおおげさな話だろうか。それとも、なにかの暗喩《あんゆ》なのか。

土曜の夜は、まだまだ賑《にぎ》わっていて、行きかう車の音や、ひっきりなしに聞こえてくる呼び込みや、すれ違う人々の声やなんかで、外へ出ると会話は聞こえにくくなる。身体はほどよく温《ぬる》まっているけれど、まだ辺りをはばからぬ大声で言葉を交わすほど親しくはなくて、六月の夜風は肌にひやりとする。

明るい街を抜け、やがてコーポが見えてくる辺りになると、ようやく明通寺の声がはっきり届くようになった。光源はぽつぽつ建《た》った街灯と、民家の灯《あか》りだけになり、どこかで犬が吠《ほ》えている。

ドアの前で別れる。

「じゃ。おやすみ」

明通寺はにっこりするとドアのむこうに消えた。

帰りついた部屋で音生は明通寺の最後の言葉を反芻《はんすう》した。

あれは、どういう意味だったのかとあらためて考える。助けたら、俺の運命が変わると思って助けなかった？　いやいや、そんなあほな。

いい人なんやろうけど、なんかあんまり、どういう人なんかはわからんかったなあ……。

最初の悪印象は払拭《ふっしょく》された。常識も愛想《あいそ》も、ちゃんとある人だ。尋常じゃない男前で、でも仕事はAVメーカーのセールスマン。いや、男前なのは放っといたれという話だが。

冷酷《れいこく》でもなくて、普通のいい人だ。なにより、あの時音生を助けなかったことを、後悔しているように見える。

けど、それやったら最初から助けてくれればよかっただけやのに……。

その一点が解《げ》せない。ほんとうは、なにかそこに事情があるとか？

——まあいいや。そのうちおいおい、わかってくるんやろ。

勝手に、あの隣人とはもっと仲良くなるだろうと思っている。

冷静に考えてみると、その自分の意欲というか確信がいちばん変だった。

2

火曜日になった。世間的にはまだまだ週のはじめだが、音生《ねお》にとっては休みの前日である。人が働いている時に、遊んでいるのはうしろめたくて愉《たの》しい。人が、明日も仕事かやれやれ、とうなだれている時に、明日は休みとうきうきしているのは愉しくないこともないがうしろめたい。

コンコースを抜けて、音生は傘《かさ》を広げた。大阪時代から後生《ごしょう》大事に持っている、薄青のビニール傘。

なんの変哲《へんてつ》もないコンビニ傘だけれど、ちあきと最後にデートした時に買ったものだ。

そんなものをいまだに大切に使っているのは、未練がましくてみっともないとも思うが、逆に捨てずに持っていることが、俺はあんな失恋になんてぜんぜんダメージ受けてへんでーというアピールにつながる気がして手放せない。……誰に対するアピールなのかは知らないが。

雨の多い月だ。せかせかした動きにつれて、それぞれの傘が揺れる。雨の日の退勤光景。

赤、黒、あきらかなブランド物……思い思いのそれらの中に、見知った赤紫の傘を発見し、音生はあ、と声を発した。

足を引きずっているせいでか、その傘の揺れだけが変則的だ。一定のリズムで左右に揺れるのは同じだが、それが左右違う。アフタービート。

でもそのおかげで、早く追いつくことができた。

「明通寺《みょうつうじ》さん」

声をかけると、傘がくるりとこちらを向いた。

「……あれ」

「偶然ですねー。今、帰りですか？」

音生は、高いところにある傘を見上げる。表はワインレッドをもっと暗くしたような深い色だが、裏側は黒い。

どっかで見たような色合い、と思い、ああと記憶が蘇《よみがえ》った。ちあきのパンツや。

思い出した自分が腹立たしい。二度と見ることもないだろう元カノの下着のことまで、いちいち憶《おぼ》えてんな、俺。

「ああ。ふだんはもうちょっと遅いんだけど、今日は直帰で」

「チョッキ？」

「――レンタルショップ回って、そのまま帰宅」

「ああ」

会社に所属しているといっても、音生の肩書はたぶんサラリーマンではない。事件に巻きこまれたら、「販売業」とでも報道されるのだろう。

それから較《くら》べると、映像制作会社という特殊な業種だが、明通寺はまぎれもなくサラリーマン……事件に巻きこまれた際は、きっと「会社員」と呼ばれる。

それはともかく、学生時代の友人の中には、もちろん普通に営業職の者もいる。音生自身、レコード会社の営業マンと日常的に接している。ＡＶメーカーの営業なら、都内のレンタルショップを回って自社作品の貸出状況を調べるのも仕事の一つなのだろうと想像することぐらいはできた。

「どうでした、景気は」

「まあまあかな。悪くはないが、それほど良くもない」

音生の空想の中で、勝手に三面記事に登場させられているとも知らず、明通寺はいたってフラットな様子で返してくる。

「とか謙遜《けんそん》するってことは、なかなか良好ってことですよねえ」

「……葉室《はむろ》くん、案外ひとが悪いな」

「いや俺も、メーカーの営業っていうのは知ってるんで」

「レコード会社のね……今やレコードなんて死語なんだろうに、なんでいつまでもレコード会社っていうんだろうな」

「それはやっぱり、愛してマスカット的な？」

「前のくだりを飛ばすと、なんのことやらって感じだけどね」

やっぱり、この人とはノリが合うなあと音生は思う。なんでもないことなのに、なんだか嬉しい。土曜日に交わした会話の内容を、明通寺がちゃんと憶えているようなのにも好感を抱《いだ》いた。単純だとは思いはするものの。

明通寺は、ちょっと考える顔になった。

「せっかくだから行きますか？」

右手をくっと傾ける仕草をする。

軽く言っているが、どこか窺《うかが》うようでもある。なんだか、こんなふうに見てくることが多い人だ。対人関係のスキルに、あまり自信がないのかもしれない。

「えっ……でも、明通寺さんは明日も会社でしょ？　俺は休みだからいいんだけど」

誘われたのは光栄に思うものの、やはり遠慮《えんりょ》のほうが先立つ。

「明日休みなんだ？　いいなあ……じゃ、なおさら行こう」

そこまで言われれば、断わる理由も特にない。

「例のあの店ですか、上様」

「お主《ぬし》も悪じゃのう」

「いやいや、上様には敵《かな》いませんよ」

「今日は割り勘で」

さりげなく、だがちゃんとそう言われたのでほっとした。

「越後屋《えちごや》」ののれんをくぐると、このあいだとは違うアルバイトらしい若者が「らっしゃい」と元気のいい声をかけてきた。

「あ、明通寺さん。どうも」

人は変わっても、明通寺と顔なじみであるのは同じなようだ。愛想《あいそ》よく「カウンターでいいっすか」と問い、「傘、そっちにどうぞ」と入り口近くの傘立てを示した。

音生のビニール傘の隣に、明通寺の赤紫の傘が無造作に突っこまれる。普通、男はこんな傘は選ばない。

「高そうな傘ですね」

つい口にしたのは、なにがひっかかってのことだったのか。

「ん。もらい物だけどね」

女だ。直感した。明通寺はまっすぐカウンターに向かう。

実際、奥の二席しか空いていない。音生が想像した通り、サラリーマンふうの客と、大学生らしいグループによってテーブル席は占《し》められていた。

カウンターについているのは、カップルばかりである。二人連れだからだろうが、なんとなく微妙な気持ちになった。

「彼女ですか?」

明通寺がやはり「いつもの二つ」とオーダーした後、音生は会話を再開させた。

「ん?」

「傘」

明通寺は一瞬、視線を宙にさまよわせた。

「――いや」

横顔に、やや翳《かげ》がさしている。なまじ整っているせいか、シリアスな表情をされると怖い。これ以上訊《き》くのはまずそうだと判断する。音生はすぐに話題をひっこめ、

「店で訊いてみたんですけどね。誰もブドウ割りを知りませんでした」

ネタを転じた。

「そりゃ、ここのオリジナルだから」

「けっこう呑《の》んべえがいて、呑んでみたいから連れてけって」

アルバイトで入っている大学生の顔が脳裏《のうり》に浮かんでいた。

「連れてくればいいじゃないか。『越後屋』の発展、繁栄《はんえい》に貢献《こうけん》するべく」

「でもそいつ、家が三鷹《みたか》なんですよね。帰れないだろうって。そしたら、うちに泊まるってきかないんですよ」

「なにか泊められないわけでも?」

明通寺の眸《ひとみ》が、きらっと光った。

なぜか、なにかを探られているみたいな気になる。

「いやそんな、べつに冷蔵庫に死体とかは入ってませんけども……うーん、じゃあそうしようかな。従業員との親睦《しんぼく》をはかるためにも」

「葉室くん、店長だっけ。すごいよね、その年で店長って。仕事できるんだなあ」

「や、そんな。ぜんぜんですよ」

まともに褒《ほ》められるのもまた、気恥ずかしいものだった。

「仕事できる奴《やつ》は、はなから人事とか営業とか、あと宣伝とか。現場にいるのは、どっちかっつーと……」

そこで言葉につまった。落ちこぼれ、とまでは言わないいし、実際落ちこぼれてもいない。

「……学閥《がくばつ》あるんで、いちおう出世コース、みたいな？　あ、でもちゃんとヒラ店員からやってますし——」

気づけば明通寺はくすくす笑っていた。拳《こぶし》を口に押し当て、くくっと喉を鳴らす。

「……明通寺さんて、一見こわもてっぽいですけど、喋《しゃべ》ると意外と普通ですよね」

言ったのは、話題転換に反撃の意味合いも兼ねてのものだっただろうか。

明通寺は、それを聞くと真顔になった。

「普通？」

「え、あ、それが悪いとかじゃなくて」

すぐ折れてしまう自分が情けない。

「なんか、ムッとしてるっぽくても、口開くと温厚っていうか」

「ああ。顔だけはシリアスだって言われるよ、よく」

「ほんとはふざけてるのに?」

「いや、いつもいつもそうだとは限らない……ま、普通じゃない仕事に就いてる自覚はあるから、せめて他の部分では普通にしていようと思うよ」

やはり真顔で言われ、そんなものかとうなずいた。AV業界がどんなものかは知らないけれど、普通のメーカーの営業職とはやはり違っているのだろうと想像する。

自らを振り返れば、高校生から大都会で一人暮らしときいて「複雑な家庭の事情」などを勝手にかんぐられたりした過去がある。べつだん深刻な話ではない。生まれ育った土地には、親が入れたいと思っている学校がなかったというだけだ。で、私大の付属に入学し、そのまま付設の大学まで出た、というだけ。

「——普通でいるっていうのも、難しいですよね……っていうか、『普通の人』っていう称号を得るのが?」

「へえ。葉室くんでもそんなこと考えるんだ」

「どういう意味ですか、それは」

「いやごめん……彼女はいるの？」

謝った後、唐突《とうとつ》に訊《たず》ねてくる。

不意打ちに、音生は「えっ」と詰まった。明通寺はテーブルに肘《ひじ》をつき、探るようなまなざしをむけてくる。

「――いません」

音生はジョッキを取り上げた。えぐい飲み物だが、馴染むと旨《うま》い。こらハマるわな、と考えた後、

「ていうか、ふられてきました」

白状したのは、ちあきのことなんてもうすっかり過去のことや、と思いたかったからなのだろうか。

「転勤する前に？」

「前というか、同時にというか」

「？」

「転勤になったって言ったら、即行で『無理！』って」

「無理って。東京についていくのが？」

「いや、そこまで話が進んでたわけでもないんですけど――遠恋は無理、ってそういう感じ」

「まあ、『のぞみ』は割高だからねえ」

なにごとか考えたふうな後、明通寺は言った。

「……そういう問題ですか」

「いや違うとは思うが」

どこかずれた返答をした自覚は、あるらしい。

「電車賃とかの問題じゃなく……なんというか、いつもそばにいないとダメ、みたいな子で」

「わがままちゃんだ。年下？」

「四つ下です。だからまあ、結婚まで考えるほどにもなってないっていうか」

「二十二か。それじゃ、まあそうだな。学生さん？」

「いや、働いてます。OLじゃなくて、フリーターですけど」

「なら、時間だけはあるだろうに……そばにいないとダメか。なかなか難しいんだね、恋愛ってのも」

「って、未経験者みたいに、そんな」

ちあきの無茶な言い分より、今は明通寺の反応のほうが気になっていた。

明通寺は答えず、片頬だけで笑う。悪意がないのはわかるが、たくらんでいるように感じるのはもうしょうがないのか。整いすぎた顔。

なんとなく間があった。もてあまし、音生はジョッキをとりあえず空《から》にした。

「もう一杯？」

「いや。明通寺さんは明日が――」

「だいじょうぶ。どうせ不規則な仕事だし」

「……そうなんですか？」

「AV業界なんてね、そら殺伐《さつばつ》としたものですよ？」

「いや、まあそうなのかもしれませんけども――」

いちおうは芸能関係ということになるのだろうか。夜も昼もない職場なのはわかるが、明通寺は営業である。営業なら、定時出勤に定時退勤なのではないかと思ったのだが、実はそうでもないのか。そういえば、いつもはもっと遅いと言っていた。

どんな人がいるのだろう。AV女優なんかとも、やっぱりつきあいがあったりするのだろうか。もてそうやな。いや、絶対もててる。さりげない感じで、この後どっか行きません？　とか――うわあ、普通にAV嬢から言われてそう。

「まあ、そう落胆《らくたん》したものでもないさ」

音生の沈黙を、しょげているととったのか。明通寺は一転、晴れやかな顔になる。とん、と肩を叩かれた。

「彼女ぐらい、こっちでいくらだって見つかるだろう。若いんだし」

と、やはりそんな励《はげ》ましだ。

「いや」

即座に音生は否定した。

「要《い》りません」

「要りません、って……」

二杯目のブドウ割りが出された。置かれるなり、音生はジョッキを取り上げぐいぐい呑む。

「おいおい、そんな呑み方——」

「だいたいですねぇ」

どん、とジョッキを置いた。

「俺はまあ、言ってみれば開拓者なわけですよ。フロンティア」

「フロンティア?」

「だから、ウチって基本、関西ですから。こっちに進出するにあたって、とりあえずは不毛の地を開拓してこい! 的な」

明通寺は、黙って聞いている。

「だから、耕《たがや》し終《お》えた暁《あかつき》には、またいずれ帰ることになるわけです」

「大阪に?」

「まあ心斎橋店《しんさいばしてん》に戻るかはわからないけど、京都とか兵庫とかにも支店ありますし。もちろん、故郷の広島にも……や、宮島《みやじま》にはないけど」

「——宮島店がオープンしたら、真っ先に依願異動しそうだね」

「もちろん！　……いや、だからですね、こっちで彼女なんか作っても、またいずれ遠距離恋愛になるんですよ！」

「なるほど。そしてまた、ふられると」

「……。そう断言されると、なんか傷つくなあ」

「はは。ごめんごめん」

「そりゃあ、明通寺さんみたいな男前なら、距離なんか障害にもならないってか、毎週『のぞみ』でいそいそ会いにきてくれる、可愛《かわい》い美人の彼女作るぐらい朝飯前でしょうけど。そうでもないブサイクには、いつそんなチャンスがくるか予想つかない上、たった五百キロが乗り超えられずにふられるんですよ！」

俺は酔《よ》ってるんやろうか。力説している自分を、あきれて眺《なが》めているもう一人の自分がつぶやく。己《おのれ》の恥《はじ》を、ネタ扱《あつか》い。しかも、こんな剣幕で言うことか？　いくら酒のせいだとはいえ。

いやそんな、こないだ五杯でしっかり意識を保ってたもんが、今日は二杯で怪しくなるはずがない。プライベートで呑む時のほうが、職場の呑み会より酔いやすいいうんはあるけど、それはやっぱり緊張感を強《し》いられるかどうかの違いなんかなあ……ていうことは、俺、今けっこうリラックスしてるってことか。この人と呑むのかて、まだ二回目やのに不思議やな。

「くそ！　女なんか嫌いやぞ！」

「わかったわかった」

しまいには、そんな極論を振り回しはじめた音生を、あやすような明通寺の声。

はっと我に返り、音生は相手を凝視した。

ばつが悪いのはこちらのほうなのに、なぜか明通寺はこの場を胡麻化《ごまか》すような咳払《せきばら》いをした。

「いい方法がある」

そして言った。

「いい方法？」

「東京にいる、大阪出身の女の子を見つけてつきあえばいいんだ」

「なーるほどー……って、そんなピンポイントな物件をどうやって探すんですかー。たとえ探し当てたとしても、明通寺さんみたいな男前ならともかく、確実につきあってもらえる保証もないし……」

言いながら、今度は暗くなってきた。それならそれで、なにか他の理由でふられる気がする。いやもう、なんだろうがなんらかの原因により確実にふられる……。

「まあ、根は深そうだけど」

三杯目のブドウ割りを干《ほ》した音生の肩を、ふたたびぽんぽんと叩いて、

「最終的には、不自由なようなら、いつでも貸すから」

明通寺は言った。

「不自由……？　ああー」

リビングに山と積まれた、明通寺コレクションのことか。

「二次元はいいぞ。決してきみを裏切らない」

真顔でそんなことを断言されてもなあ……。

思いながらも、

「よろしくお願いします」

ノリで低頭する音生だった。たしかに、あれだけの数があれば、かなり長い間愉しめるだろう。なんか情けない気もするが、生身の女はとうぶんいいわと思っているのは嘘ではない。


休み明けの店で、音生はぼんやりと一昨日《おととい》のやりとりを思い返していた。

というより、ひょんなことからからみ酒になってしまったことと、からんだ相手。

明通寺には、さぞ迷惑ななりゆきだっただろう。調子に乗ってまた五杯呑んで、延々とちあきの件をグチっていたような記憶がある。いや、それは夢の中のできごとで、俺はちゃんと自分の足で部屋までたどり着いたかもしれん。とにかく、起きた時にはちゃんとパジャマに着替えていたのだから。

一縷《いちる》の希望を残しつつも、しかし、遠距離恋愛になりかけたところであっさりふられた、ということをどちらにせよ明通寺が知っているのだけはたしか。

恥ずかしい奴。

反省は、既に起こってしまった事実にのみ対応するものである。

恥じ入らなければならないようなことなら、否《いな》、恥ずかしい思いをしたくないなら、つねに理性的で知性ある行動を心がけるべきだ。

——わかってても繰り返すんやったら、ほんとはそんなに恥ずかしくもないんやろうけどね。

そういうことにしておこう。恥ずかしくなどない。

それにしても、自分のことばかりになって、明通寺のプライベートは結局あんまり訊けなかった。

傘のくだりを、もっとつっこむ予定だった。

けれど、明通寺のなにかがそうさせない。ある一線が、自分との間に確実に引いてあって、そこから先には踏み込めないようになっている。

なんかやっぱり、壁があるよな。

外見を除けば、どこにでもいる三十歳のサラリーマンなのだろう。たぐいまれなその外見だって、本人は鼻にかけているふしもなく、いたって普通。

だがその普通さは、自分のような汎用《はんよう》男《おとこ》とは違う。普通じゃないのに、あえて普通っぽいふりをしているだけ、という感じ。

穿《うが》ちすぎかなあ。たぶん考えすぎなんやろう。

けれど自分と明通寺の間には、薄いベールのようなものがかかっていて、隔《へだ》てられたむこうにいる人の影がおぼろに霞《かす》んでしまう。

そんな気がしている。仲良くなりたいとは思っているけれど、はたして相手もそう思っているかどうか。

よけいなことを考えていたせいで、作業がぜんぜん進んでいなかった。気がついて、音生はCDの棚《たな》整理を再開した。

「店長、ここは私がやりますから。午後便の確認、お願いします」

片岡由里奈《かたおかゆりな》が声をかけてきた。

「あ、うん。でも、もう終わるから」

「じゃ、お手伝いしますね。並べ替えはやりますから、店長は補充をお願いします」

由里奈は派遣《はけん》会社からやってきた。契約社員ということになっているが、半年ごとに更新するしくみらしい。派遣業というのは、昨今の経済事情に鑑《かんが》みて、雇用側被雇用側のどちらにとってもかなりリスキーなのではないかと思うのだが、それを承知で採用されたのだからスペックは高いとみなしていいだろう。

実際、よく気がつくし働き者だ。渋谷店でも重宝《ちょうほう》していたらしく、赴任前《ふにんまえ》に「エース投入したるんやから、大事に使えよ」と人事課長から釘《くぎ》を刺されたほど。短大を出て、一年間だけどこかでOLをやっていたとのことだが、「接客のほうが向いてるみたいです」と歓迎会の席で笑った。

美人の店員がいるというのは、意外と販売業では強みになる。まだ開店して二週間ほどしか経《た》っていないが、由里奈を目当てに訪れる客もちらほらいる気配。採用のポイントはそこだったんじゃないかと邪推《じゃすい》する。素直で真面目《まじめ》なので、仲間うちでも好かれているようだ。但《ただ》し、お局的《つぼねてき》存在の依辺志津子《よりべしづこ》が由里奈をどう見ているかは不明だ。依辺に関しては、この自分自身もどう思われているのかという懸念もある。

てきぱき整理を始めた由里奈の、まとめた髪をちらと見下ろし、音生も棚の隙間を埋《う》めてゆく。一度抜いた商品を、元の場所に差しておく、というあたりまえのことができない人間がなぜこんなに多いのだろう。

「『J-POP』っていうカテゴリー分けは、たしかになんとなくダサいですよね」

手を動かしながら、由里奈が言った。

「うん。なんとなくだけど、ダサいね」

そのダサさを誰より強く感じていた社長の意向により、現在の「スターレコード」では「J-POP」の札表記は見られない、というのは内輪では広く知られている。

だからって、歌謡曲系はひらがなのあいうえお順に、アーティスト系はアルファベット順に並べるっていうのはどうなんやろ……。

たしかに、「大月《おおつき》みやこ」と「ORANGE《オレンジ》 RANGE《レンジ》」を同じ棚に入れておくのはまずい。客からすれば、「探しにくい」ということになるのだし。

由里奈には補充だけでいいと言われたが、そうはいかない。例によって「平井堅《ひらいけん》」のコーナーにいつのまにか入り込んでいる『光GENJI《ひかるゲンジ》・スーパーベスト』を抜き出し、しげしげジャケットを眺める。音生が物心ついた頃、絶頂期にあったアイドルだが、おそらく由里奈の記憶にはほぼ残っていないだろう。たしかちあきと彼女は同い年のはず。カラオケで『ガラスの十代』を歌ったら、「なにそれ、わからん」と言われた……。

いつのまにか記憶をまた掘り起こしている。脳裏に浮かんだ、ちあきの面影《おもかげ》を消し、ふと見ると由里奈がこちらを見上げている。

「?」

「——SUPERFLY《スーパーフライ》って、出始めの頃デリコそっくりでしたよね」

物問いたげな表情だと思ったのだが、べつにそこまで知りたいことでもなかったらしい。

「え、そう?」

ふたたび作業に戻り、由里奈は、

「だって、似てませんか?　東京モード学園のコマーシャル」

なおも同意を求め、あ、と気づいた顔になった。

「そっか。大阪ではやってないですね、あのコマーシャル。店長は見たことないかも」

「見たことないねえ」

「……個性の強いアーティストが誰か一組出てきて、それが売れると、必ずといっていいほど後追いっていうか、似たようなアーティストがデビューしますよね。どうしてなんだろう？」

「どうしてなんだろうねえ」

最近の音楽業界の、それが現状である。音生は思わず苦笑した。

「だって、二番煎《せん》じとか、柳の下のどじょうとか言われるの、本人だってわかってると思うんですよ！」

やや力をこめたが、音生がひいていると感じたのか、由里奈は一転してしゅんとなった。

「……とか、まあ、二番煎じだろうがＣＤさえ売れればいいんですよね、私たちサイドは」

「いやいや」

持論をぶつことそのものが意外だっただけで、ひいたわけではない。

「船橋《ふなばし》ですよね、店長」

だが由里奈は、自主的に話題を変えた。

「うん。千葉。田舎者」

「ほぼ東京じゃないですか……親戚《しんせき》の家があるんです、船橋。っていうか、お墓？」

「そうなんだ？　どこだろう。聞いてもわかんないとは思うけど」

「長福寺《ちょうふくじ》……わかりませんよね」

「わかんないなあ」

だいたい近所に、寺はない。いや、見た限り。大阪を出る時、車を処分してしまったので、現在、音生の移動手段は電車か徒歩だ。

「どこなんですか？　って訊いてもいいですか？」

「うん？　いや、悪くはないけど、わかるかなあ――」

詳《くわ》しい住所と、コーポの名を教えると、由里奈は「あっ、じゃあの、へんなヒーローもののオブジェがあるあたりですね！」と顔を輝かせる。

「うんうん、あの偽《にせ》ウルトラマンみたいなのが――って、きみほんとうに詳《くわ》しいね」

「ええ、船橋界隈《かいわい》はけっこう知ってます」

由里奈はにこっとした。

「よかったら、案内しますよ？」

言いたいのは、結局それだったのかと思う。たちまち、警戒心《けいかいしん》が湧《わ》いてくる。東京では絶対女は作らない。しかも、親戚とはいえ首都圏内に墓があるような娘。たしか住所は、目黒《めぐろ》だった。ばりばり東京っ子の可能性、大――。

「葉室さん」

その時、背後で声がした。

どことなく不機嫌そうな響きに振り返ると、依辺が立っていた。声音をまったく裏切らない仏頂面《ぶっちょうづら》。

「午後便。いいかげんチェックしていただかないと。事務所が狭《せま》くなって困ります」

その実、困るというより迷惑千万といった顔を見て、音生は怯《ひる》んだ。

「あ、すいません。すぐ開けます――片岡さん、悪いけど」

「私一人でだいじょうぶですよ？　補充もしておきますから」

由里奈は、依辺を裏返しにしたみたいな笑顔で答えた。

――なんとなく、この人には嫌われてるっぽいなあ……。

事務所に戻りながら、音生は少し前を行く依辺の背中を眺めた。

全スタッフ中、年上は彼女だけである。逆にいうと、若造に顎《あご》で使われてる感を味わっているのも、依辺だけだ。

いや、顎で使ってる気はないんやけど。

年上ということは、入社年度も古い。立場は下だが目上の人、という扱いをちゃんとしているつもりなのだが、敬意を払われるだけでは納得いかないなにかがあるのだろうか。

まあいいか。事務所に着く頃には、すっかり気持ちを切り替えていた。一人や二人、気の合わないスタッフがいたところで、全体の業務に支障《ししょう》を来《きた》すというわけでもない。

気の持ちようや。それに、うっかりこの人と恋仲になったりとかしたら、後がめんどくさい……。

奥のデスクに戻る依辺の、色気のないグレイのブラウスが目に入ると、ないない、それはないといささか失礼な否定形で思ったが。

まったく、警戒しているせいで、誰でも彼でもそういう対象としてしか見られんのか俺は。情けない。そんなに、ふられたことがショックだったのだろうか。

ちあきとは、合コンで知り合った。音生が二十二歳で、ちあきは十八歳。

大学四年。就職が内定した頃だ。同級生が、「若い娘さんやで。専門やけど」と誘ってきて、いまどき「若い娘さん」っていうこいつもどうなんやとは思ったものの、人数合わせと拝み倒されたのと、落ち着き先が決まった解放感が手伝って顔を出した。

いわゆる、「合コンで知り合って意気投合」というやつだ。イケメン好きを隠そうともしなかったちあきが、どうして自分を選んだのかはいまもって謎《なぞ》であるが。

さほど美人でもないけれど、小さくてかわいい。つきあいはじめて二年経《た》った頃にはちあきは二十歳になっていたが、女子高生と言っても通るルックスで、二人で学割で映画を観たこともある。「学生証、忘れました」という嘘に、モギリの女の子がやすやすと騙《だま》されてくれたのだ。

ちあきは、一言でいうと「恋愛体質の女」だった。

自分でも言っていた――「誰かそばにいてくれへんかったらダメやねん」と。

常に、恋愛のチャンスを追い求めているタイプだ。音生が、新人研修で三日留守にしただけで、ナンパされた男と呑みに行ったりする。

「エッチはしてへんねんから、ええやん」と言われれば、そんなことで揉《も》めるのもなんかなという気になる。

自分もずいぶん、都合のいい男だったのかもしれないと、今なら思う。とにかく、会いたいとなれば夜中だろうがかまわず電話をかけてくる、不意のドライブを強要する、手を離さないでと言われ、一晩中握《にぎ》っていたこともある。

かわいいからええねん、と思っていたし、そこまでラブラブなんやしということで結婚の二文字も浮かんだ。

が、突然東京に転勤になったと告げた音生に対し、ちあきが放ったのは「無理！」の一言だった。

一晩じっくり考えたけど、とか、やっぱりあかんわ、とかならまだ納得がいっただろう。が、間髪《かんはつ》入れずに「無理や」である。理由は、前述の通り。いつでもそばにいてくれて、いつでもラブラブできる男がいないと、「枯れてしまう」のだそうだ。

じゃあということで、結婚を匂《にお》わせたら、「もっと無理」と返された。だって、四年もつきあってんのに？　だが、恋人はほしいけど、旦那《だんな》はまだ必要ないという言い分——そんな話があるかと思ったが、本人がそう言うものをむりやり連れてくるわけにもいかない。

結局、想いが距離を凌駕《りょうが》することなどないのだ。

というか、遠さをしのぐほどの強い愛情を持たれていなかった自分の魅力のなさのせいなのだろう。

だいたい、ちあきは面食いだ。ちょっとイケてる男がいると、どんな危険球でもバットを出してしまうタイプ。

「あ、でも、ネオちゃんは別腹やし。そういう意味で好きなんとちゃうよ」と言われて、どういう意味やと怒っていいのか、ビジュアル面が帳消しになるほどのなにかが自分にあるのだと自信を持っていいのかわからない。

少なくとも、後者ではなさそうだ。

総合すると、やはり、「都合のいい男」だったにすぎない。

飯とかライブとか帰りの足とか。

バブルの時代に、用途別で使い分けられていたという本命以下の男どもの、自分は正しくその仲間だったのだろう。

ちあきにとってはその程度だったかもしれないが、そう自覚した時の悔《くや》しさと屈辱感《くつじょくかん》は誰にもわかるまい。

二度とあんな思いはしたくない、しない。

一日の終わり、音生は缶ビールを片手にベランダに出た。初夏から本格的な夏に移行する季節。湿度は高いのだろうが、夜風はあんがい肌《はだ》に心地いい。

日中はねずみ色の雲が、空をカーテンみたいにぼってり蔽《おお》っていたというのに、夜になって晴れるというのはどういうことだろう。さては新手の厭《いや》がらせか。

ビールをひと口呑んで、ふと隣室のベランダが目に入った。

あれ以来、フェンスはどこかに片付けられたらしい。境界のなくなった二室は、今やベランダでつながっている。

その、柵《さく》に凭《もた》れて明通寺が空を見上げていた。

「みょう――」

声に出しかけて、すぐに止めたのは、整ったその横顔に浮かんだ、寂しげな表情のせいだろうか。

もともとそういう顔立ちだというのもある。顔だけはシリアスだと言われる、とは本人の言。

けれど、今目にしている明通寺には、ほんとうになにか悩みごとでもあるかのようだ。

いや、悩んでいるというより、絶望しているみたいに見える。なにに、そしてなにがあった？

訊《き》いていいのか。たぶんいけないのだろう。まだそこまで親しくないし、よけいな詮索《せんさく》をしてうざがられるのも厭やし。

迷っていたら、ふとその横顔が正面を向いた。

険《けわ》しかった顔が崩《くず》れ、笑顔になる、そのコントラストになぜか心がぐらりと傾くのを感じた。

え、えっ？　なんや、これ。

焦《あせ》る音生をよそに、

「こんばんは。葉室くんも月見？」

むこうから声をかけてくる。

「え、ええ。まあ」

正直、月などそんなに風流に眺めてはいなかったが、音生は胡麻化《ごまか》す。

明通寺の目が、まだ音生をじっと見つめていた。

「？」

「せっかくだから、俺も呑もうかな」

ああ、ビールを見てたんか。

ほっとした。どぎまぎなどしてばかみたいだ。だが、弛緩《しかん》してゆく気持ちの中で、さっきの顔はなんやったんやろうとまた思っていた。


上京して、そろそろ一ヶ月になる。

土曜日で、音生は暇《ひま》をもてあましていた。

東京に何人かいるといっても、友人との時間の都合がつくことはそうそうない。奴らはデートのほうが忙しいらしい。彼女同様、男友だちもあてにならないとわかった。

音生にすれば、よう東京の女なんかとつきあえるよなという認識だ。なにかあって実家に戻らなければならない、みたいな状況に陥《おちい》った時、はたして何人の女が彼氏についていくか——。

まあ、イケズだ。みんな俺みたいになれ。心のどこかで、そんなことを期待している。

失恋が人間を大きくするなんていうのは後付けの論理で、しかもそれは一握《ひとにぎ》りの心根のいい者にしか訪れない現象なのだ。ふられた恨《うら》みを、一生引きずる奴だっている……自分がそれになるのかと思えば、かなりぞっとしたが。

携帯が鳴ったのは、ありあまる半日をなにをして過ごそうと思案していた時だった。

ディスプレイには、大学時代のサークル仲間の名。

理系の学部で、大手メーカーの研究所に就職した男だ。音生は応答しながら、ベランダに続く窓を開けた。

『元気でやってるかー？　読売のファンにいじめられてへんか？』

開口一番、野球の話というのもどうかと思う。

「あんな、東京ゆうたかてそれほどG党もおらんけん。ていうか、俺カープの次はジャイアンツを応援しとるし」

ひさびさに、おもいきり方言で話せる。大阪の大学には、いろんな地方から集まってきた奴がいた。九州とか四国とか。彼らは、音生もそうだが、思い思いの言葉で喋《しゃべ》る。

『ほー。そりゃよかったの』

言った後、

『そんで、どうなん？　かわいい娘《こ》とかおるん？　東京！　って感じの垢抜《あかぬ》けた女とか』

「んな、道を歩けばモデルに出くわす的なことなんか、ないわ。ボケ」

言いながら、空を見上げた。今にも泣き出しそうな、雲の多い空。

『でも、新宿やったら芸能人とか多いやろ。誰か見てへん？』

「ないない」

こんなにミーハーな奴やったかな。思った時、相手が、「で、あのなー」と切り出してくる。

なんか、言いにくそうな感じや。

もしかして、と思い当たった予測は当たっていた。

『そんでな、ちあきちゃんなんやけど』

果たせるかな、友人はそう言った。

「……うん」

聞く前からわかっていたような気もするが、いちおう先を促す。

『なんかなあ、タチの悪そうな奴とつきあってんねん』

あー、やっぱりそんな話か。

「タチ悪いって。ホストかなんか?」

あえて、なんでもないふうを装おう。

『違うけど、まあ近い?』

ミナミのバーに、新しく入ったバーテンダーだという。

『それが、なんか海千山千《うみせんやません》ですがなにか? みたいな男前でなあ』

「あー……あいつ、顔のいい男には弱いからな」

『そうやんなあ。頭の弱い男に強かったら、まだよかったやんな』

どういう同情のしかたやねんと思ったが、黙っていた。

「そんで。また二股《ふたまた》かけられてるとか、そんな感じなん?」

問うと、友人はやや口ごもった。

『ていうかな、ネオ。どうも、おまえが大阪におる頃から、あの二人、なんかあったぽいねん』

「……」

『い、いや。だからどうやってわけやなくて』

あわてたようにフォローする、友人の焦った声を頭蓋《ずがい》に響かせていた。

『要するに俺の言いたいのんは……あんな女と、さっさと切れといてよかったでってこと』

「……うん」

『かわいい顔して、あれとんでもない女やで』

「うん」

『――いずれ捨てられるんやろうけど。そうなったら、俺らみんなで、あの女嗤《わら》ったるからな』

途中から相づちだけになった音生をどう見なしたのか。友人は、それだけ伝えるとそそくさという感じで電話を切った。

別れた時、もう明日は東京という状態で、友人たちが開いてくれた送別会。

ちあきはもちろん来なかったけれど、かえってそれが同情を誘うツールとなったようだ。

友だちの彼女たちは、一様に「大阪と東京に離れるぐらいでさようならとか、ありえない」と言っていた。

ああ、こいつらはみんな、ちゃんと愛されてるんやなあと思った。

それだけのことで、音生はなにも救われたわけではない。

彼らの中には、いつか遠距離が理由なわけではなく別れる者もいるだろうし、あの時点で冷え切っていたカップルもいただろう。

別れそうなのに、体裁《ていさい》を保つためだけに呼んだ彼女なんやったら、すっぱり縁を切ったほうがいい。

ねたみまじりの強がりだ。でも、そう思いめぐらせることで、音生はいくぶんか楽になった。

みんな、誰かの不幸を望んでるんやろなあ。

たった今、電話をかけてきた奴にしても。

――友だちのことを、そこまで邪推《じゃすい》せんとあかんのが、いちばんきついな。

けれど、こんな仲良しカップルでも、どうせいずれは別れるんや、とあの時思っていた自分の意地の悪さは否定できない。

いや、あのくらいのことでトラウマとか言ってたら、ほんとうに深刻なトラウマに悩まされてる人に悪いけど。

思い、ちょっと偽善者っぽい発想かなと内心苦笑した。

誰が聞いているわけでもないので、偽善もくそもないのだが。

携帯を折りたたみ、腰を上げようとしたところで、ぎょっとした。

いつからそこにいたものか、明通寺がこちらを見ている。

柵に半身を凭せかけ、首をかしげるようなその姿を、音生はどぎまぎと見つめた。

えー……と。

ベランダで電話している音生の声を聞きつけて、明通寺も出てきたのだろうか。

で、もっと詳《くわ》しい内容を知ろうと……いや、まさかそんなことは。

そんなことをしたって、相手の声までは聞こえないだろうし、音生の反応だけ聞いたところでどんな話をしているかなどわかるわけがない。

思いこもうとしたが、それはただ、知られたくないという己《おのれ》の願望が強《し》いた断定にすぎないのだろうか。

いや待て。俺のみっともない話を聞いたところで、この人はなんら利益なんか得ることもないはずや。

半信半疑のせめぎ合いから、どうにかまともな結論を導《みちび》き出《だ》すと、音生は見下ろす、整った顔を視線で掬《すく》い上《あ》げた。

「ど、どうも――なんか、フェンスがないと、広くなったみたいに感じますね」

我ながらまぬけな胡麻化しだ。

「うん。俺も今、そう思ってた」

この間、夜に同じようなシチュエーションがあったと思い出した。よほどベランダが好きな人なんかなと思い、そういう自分こそ、明通寺からするとかなりのベランダ好きと映《うつ》っているかもしれないと気がつく。

「修復しとこうかとも思うけど、どうすりゃいいかいまいちわからなくてね。っていうか、めんどくさい？」

「わはは。意外と無精なんすね」

「意外と？　いやもう、昔からだけどね」

相手も笑う。

「すんごい鮮やかなキックだったから、フェンス破るとか、何回もやったことのある人かと思いましたよ」

「んなわけない……たしかに、これが男女だったらそりゃまずいだろうけどさ。男同士だから
まあいいやって」

それに、と続ける。

「配置から考えて、ここを伝ってきみの家に押し入ろうとするような人間は、俺だけってこと
にならない？」

「あ、そうか……でも、そういいつつ出来心で忍びこんできたりして」

明通寺が、ふと考えこむ顔になったのを見て、あわてて、

「なんちゃって。出来心って、目的はなんやねん！　って話ですが」

繕《つくろ》うと、よけいへんなニュアンスを醸《かも》し出《だ》す言葉になってしまった。目的って。

「……そうだな、悪心はいつ芽生《めば》えるかわからないからね」

なんとなくだが、傷ついたみたいな顔だと思った。

それが自分の軽口によるものなのだとしたらと考えれば、焦る。

「い、いや冗談ですから！」

「わかってるから」

明通寺は柵に頬杖《ほおづえ》をついて笑う。

そりゃそうやろなあ。

ベランダ伝いにうちに忍びこもうとするような相手が明通寺しかいないと限定した後、出来

心は誰にでもあるなんて本気で言っていたら、それは「俺は忍びこんできみを襲う気まんまんです」と宣言しているようなものだ。そんなあほな。と、音生じゃなくたってそう思うだろう。

しばし間をおいた後、

「今、ヒマ？」

明通寺は訊いてきた。電話の内容がどうとかなんて、つっこむ気もないようだ。

「あ、はあ。まあ……」

照れ隠しというのでもないが、音生はさりげなく携帯を背中に回した。

「じゃ、うちで呑まない？」

ごく自然な誘いだった。

断わる理由もない。音生はうなずき、立ち上がった。


明通寺の家に入るのは、二度目だ。

だが前回は、文字通り「通り抜けた」だけで、誘われて上がったわけではない。

むしろ、切羽詰《せっぱつ》まってしかたなく、隣人の意外な好意に甘えた。

こんな男に頭下げるとかありえん、などと思っていたのが嘘のように、音生はあたりまえに自分の部屋とは微妙に違った感じのリビングに坐《すわ》っている。

音生の部屋には、年代物のポスターや額や花瓶や、人からもらったような小物類をまとめておくためのコレクションテーブルが置いてある。大阪を出る時、思いきって荷物を整理したのだが、泣く泣くであっても捨てることのできない持ち物が思いのほか多くて我ながら驚いた。他人がよかれと思ってくれたものを、音生は捨てられずに、これから先また転勤があってもたぶんいっしょに流れていく。

明通寺は、その点ドライなほうなのか。無駄はいっさいなさそうに見える部屋。

考えながら、キッチンスペースからビールやらおつまみ類などを黙々と運んでいる端整な横顔を眺めた。思えば不思議な縁だ。少なくとも、引っ越してきた当日には、この男の部屋で一《いっ》献酌《こんく》み交《か》わす的未来はまったく想像できなかった。

「あ、俺も手伝います」

明通寺が足を引きずっていることに、突然気がつく。立ち上がろうとする音生を押しとどめ、

「もうこれで全部だから」

明通寺は、やっぱり悪魔の笑顔になった。

気のきかん奴やと思われたかなあ……そういえば自分は、飲み会などでも他人に斟酌《しんしゃく》せず、注がれれば呑みますけどという態勢を崩さないタイプだ。学生時代ならともかく、今もそう、というのはどうなのだろう。そんなことを思っていると、目の前にとんとロング缶が置かれる。

YEBISU《ヱビス》の琥珀《こはく》。好きな銘柄《めいがら》。だが、値段が少々他のビールより高いので、あんまり呑ん

だことがない。

そういえば、ビールの嗜好《しこう》も合うんやった。

「すいませんねえ」

そんな思いをこめて、ぐびりと傾けた後音生は言った。

「なにが」

「いや、だって高いじゃないですか、これ」

缶を振ってみせると、明通寺は、

「え、そんなの気になるんだ――」

にごした語尾に、「だったらもうちょっと他のことにも気を回せ」という続きが含まれているようで、音生は一瞬、懐疑的な気分に見舞われる。

「いや、どうでもよくない部分では気がきかないのは事実ですけども……」

「誰もそんなこと言ってないじゃないか」

明通寺はおかしそうに言う。

たしかに。

男の一人暮らし、本人談を信じるならば彼女もいない男の出すつまみは、チーズや柿ピーといった出来合いや乾き物ばかりである。

「あ、これ好きなんです」

その中に、焼きあごの干物《ひもの》を見つけて音生は声をはずませた。

メザシよりは一回り小さい、日本海の名産だ。セロファンの袋を破り、がしっと嚙むと、旨みがしんしんと口の中に広がってゆく。

「こっちのほうじゃ見ないね。米子《よなご》のサービスエリアで買ったらしいけど」

誰が、とは言わなかった。

誰なんやろう。音生は、明通寺を見つめる。誰かの土産《みやげ》だということはわかるけれど、どういった間柄《あいだがら》なのかはわからない。彼女かもしれないし、違うかもしれない。

——おかしいやろ。なんでそんなことが気になるんや。

己に言い聞かせ、詮索したくなる思いを止めた。

視線を動かすと、厭でもテレビの脇に山と積まれたアレが目に入る。

今となっては、単に職業柄、集まってきただけだと知っているが、最初に目にした時はかなりの衝撃を受けた。アダルトＤＶＤの山。

「これが気になる？」

明通寺が、長い腕を伸ばしてそのいちばん上のパッケージを手に取った。

視線を追われていたことがわかり、ややたじろぐ。

「い、いや……そういうわけでもないですけども……」

言いながら、音生の視線はタイトルに吸い寄せられた。

『淫乱《いんらん》女子高・ひみつの放課後』――あの時見たのとまったく同じだ。

ということは、あれから一月近く、明通寺は一切自分のコレクションの世話にはなっていないということだ。

まあ、必要ないもんな。思い、なんか卑屈《ひくつ》やな俺、と考えた。でも世の中には、巨乳の制服美少女がアンアンいうようなＤＶＤでも観なければ、救われない男がいて、どんな野郎にも、そういう時がある。

そして明通寺は、確実に「そっち側」の男じゃない。そういうことだ。

「……セーラー服は、特に名を秘すが『Ｔ京女学館』の制服を模しており、主演女優は花咲《はなさき》あんな。童顔だが、これで当年とって二十四歳。よって、児童ポルノ禁止法には抵触しない。からむ男優は三名。校長役の岩谷敏人《いわさきとしひと》、担任教師役の」

突然、なにを言い出したのかと思えば、くだんのＤＶＤの内容を要約してくれているらしい。そんなの聞いてもべつにどうもならないとは思うが、音生が興味を抱《いだ》いていると察知して解説をはじめたのだろう。

セーラー服の上からでもわかる、巨乳ロリータのジャケ写と顔をならべ、明通寺は淡々と語る。最後は４Ｐか。なーるほどー……って、違う。

「や、べつにそれが観たいってわけじゃないんです……」

どのタイミングでそう言えばいいのかはわからないが、放っておいたら監督の詳細なプロフイールまで教えてくれそうだった。それは徒労というものだ。音生は明通寺を押しとどめる。

「え？　じゃ、これは」

相手はまたも勘違いしたのか、その下のＤＶＤを手にした。『女教師２・エッチな家庭訪問』。とほほと嘆《なげ》きたくなるようなタイトル。

そしてまた、「主演は北島《きたじま》あやか、こう見えて実年齢は」とやりはじめたから、音生は「いや、そっちにもべつに興味はなくて」と言い出すのが気の毒になる。ていうか、女教師役なら、何歳だろうがべつにかまわんと思う……。

明通寺は、そのまま四枚のＤＶＤの解説をぶった。

内容はおろか、女優のスリーサイズまで完璧《かんぺき》に把握《はあく》しているみたいだ。

営業マンとして、それはすばらしいことなのだろうが、あいにくその解説はまったく家電製品の取《と》り扱《あつか》い説明書を読み上げられているようで、扇情的《せんじょうてき》な気分にはとうていなれなかった。「もしこんな時には」と、トラブルの際の窓口まで案内しそうな勢いというか。

どこを切っても裸《はだか》、エロ、そんなＤＶＤを、ここまで色気抜きに語れる男はそうそういるまい。

音生は半《なか》ば、感心した。この人、この調子でレンタルショップとかに自社製品を売りこんでるんやろか。

それは有効な手だてといえるのか。しかし、レンタルショップの幹部ともなれば、どんな傾向の作品が人気を集めているかぐらいはリサーチ済みだろう。そこへ、顔射は三回、モザイクは薄目です、的な適切な解説をされれば思わず「置きます」と答えてしまうかもしれない。

とはいえ、いつまでもその、取説みたいな説明をさせるのもなんだか気の毒だった。

「も、もういいです……」

明通寺が五枚目を手にする前に、音生はストップをかけた。

「じゃ、やっぱり、原点に還《かえ》ってこれにする?」

さらに誤解された。突きつけられた、『淫乱女子高・ひみつの放課後』のパッケージに目を落とし、音生はいやいやとかぶりを振った。

「今、どうしてもAVが観たいってわけじゃないんで……」

「えっ、そうなんだ?」

じゃあ今までの俺の努力はなんだったのよ、とか言われたら、返事に窮《きゅう》してしまう。

美形がくそ真面目《まじめ》な表情で、アダルトもののDVDの中身を説明するのがおもしろかったから止めなかった、とは言えない。

「じゃあ、また新作が出たらお勧めする」

だが明通寺は、やっぱり淡泊な様子でDVDを山に戻した。

これでまた、この部屋を訪れた人間は『淫乱女子高・ひみつの放課後』のジャケ写を厭でも目にするわけや。

その時、また明通寺は今のような解説を加えるのだろうか。

どうでもいいようなことが気になる。

「お勧めだったんですね……」

胡麻化すべく、やはりどうでもいい返事をした。

「まあ、俺も早送りで見る程度だから、勧められるような分際でもないが」

澄まして応える。

「早送りですか！　……まあ、明通寺さんにはべつに、こんなの必要なさそうですけど」

「そう思う？」

明通寺の、きりりと澄んだ眸《ひとみ》がまともに見返してくる。

怯《ひる》んだ。意味も理由もわからないが、自分の中のあいまいな感情を掘り起こされてしまうのではないかと思った。

「俺は、こういうの、あんまり興味ないから」

だが、攻めてはこず、簡単に告げる。

言われてみると、予想通りの答えが返ってきたようにも感じる。

「あー、やっぱなあ。リアルで不自由してないって、いいなー」

音生は、おかしくなった空気を胡麻化すべく慨嘆《がいたん》した。

「それが、そうでもないんだけどなあ――」

明通寺は、困ったように破顔する。

「え、そうなんですか」

AV観てもすっきりしないような「そうでもないこと」とは、具体的にどういう状態なのだろう。仮想恋人では満たされない、という理由か。

ということは、具体的に想う相手がいて、しかもそれが叶《かな》わない状態……まさか、片思い？

その語がよぎった時、なんとなく胸がつきんとした。

なんや、勝手に妄想《もうそう》して、勝手に痛いなとか、なんなんや俺は。

ばかみたいだと思う。

「なんだ、好きな人いるんじゃないですかー」

そのもやもやした気分を蹴飛《けと》ばすために、あえて軽く言ってみる。

明通寺は、じっとこちらを見た。

そのかすようなまなざし……そうとって、心臓の音がむやみに高らかに鳴りはじめる。なんや、これ。なんなんや。

「――うん、いる」

しばし真顔で音生を凝視《ぎょうし》した後、ぽそっと言った。

えらく簡単に認めた。それが、今日もっともがっかりしたことかもしれない。

だが、いったいなにを落胆《らくたん》しているというのだろう。

イケメンは、いつの世も他の男よりいい思いをしている、という自分の認識が崩《くず》されたのががっかりなのか？

そうなんやろうと結論づけた。とにかくどこかでピリオドを打たなければ、この気持ちの悪さは連綿と続いていく。

「そっかー……まあ、普通はいますよね。俺みたいに、活動自粛《じしゅく》期間中とかじゃない限り」

言ったのは、半ば自衛のためのせりふだったのかもしれない。

「きみだって、勝手に自粛してるだけじゃないか……あ、ビール切れたな。ここいらで、ワインなんてどう？」

とまどう耳に、現実的な問いが投げかけられる。

「いいですよ、俺は、なんでも」

思わず本音で答えると、

「ほんっとに酒好きだよね、きみ」

明通寺は苦笑して立ち上がった。

ええと……これまでに、そこまでの酒好きだとわかるような場面があったっけ……？

音生の頭脳が、忙しく働く。いや、好きなのはむしろ明通寺さんのほうだろう、だいたいあの、ブドウ割りとかいううさんくさい飲み物。

——勧められたのも、しかたなく呑んだのも、俺のほうやと思うんやけどなあ。

いや、最初の一杯に関しては、完全に否応《いやおう》なしだ。

そんなことを思いめぐらしたが、内容よりもそれをはっきり憶《おぼ》えている自分のほうがどうかしていると気がついた。

誰から、いつ、どんな酒を勧められようと、そんなのいちいち憶えていない。

事実、送別会と歓迎会が音生的には矢継ぎ早だったけれど、依辺が仏頂面で注いだ二杯目のビールぐらいしか印象に残っていない。

なのに、明通寺と交わした杯《さかずき》の記憶は、あの話の時には三杯目やったなあ、などといちいち記憶が具体的なのだ。

なんでやろう。思っていたら、とんと音を立ててグラスが置かれた。

透明なグラス。少し発泡《はっぽう》している。

「——なんですか？　これ」

目の前に腰を下ろす姿を見やる。明通寺は、同じようなグラスを手にしている。

「スプリッツァー」

簡単に教えた。

「……って、なんでしたっけ」

聞いたことはあるような気がする。

「白ワインを、ソーダで割った……アルコール度は低いし、足をとられるほどでもないと思うけど？」

なんだか挑戦的な物言いだ。それが心のどこかを刺戟《しげき》して、音生はぐっとグラスを摑《つか》んだ。

「——旨《うま》い」

なるほど口当たりのいいカクテルだった。秋空に吸いこまれる、運動会の日の歓声みたいに胸にすっとなじんでゆく。

「だろ？」

明通寺の、たくらむような笑顔。

もうその表情には、策謀《さくぼう》も悪狡《あっこう》もないのはわかっていたが、べつの感慨がこみ上げてくる。なんのことはない、イケメンは、作る酒もイケメンや、という単純な連想。

部屋に彼女を招いて、こんなん出した日には、もう……。

いい情報を仕入れたと、いつもならそう思ったはずだ。なのに、今日はなんだか、悔《くや》しい気がする。こんな酒を供して、その先にある明通寺の思惑を想像するともやもやする。

「——なに？」

見つめすぎていたせいでか。明通寺が、怪訝《けげん》な顔をした。

「いや……明通寺さんには、いろんな手練手管《てれんてくだ》があるんだろうなあと思って」

「なんだよ、それは。まるで俺が、悪い男みたいじゃないか」

明通寺は、落胆したように言う。

「女の子をだましたことはないよ？　こう見えて」

「へえ……？」

「そういう顔するんだもんなあ」

苦笑する。

たしかに、言われたような「悪い男」だと思ったわけではない。

ただ、どんな相手だっておとせるんだろうなと考え、その自らの連想にげんなりしただけだ。

でも、なんでそうなるのかはわからない。

呑みはじめたのは、まだ日の高い時刻だったのに、ふと見れば窓はすっかり暗色を呈《てい》している。

気づいて、音生はうわっと思った。明日は出勤日なのだ。

「そろそろ帰らんと……いや、俺、日曜も出勤なんで……」

いいわけをしつつ、玄関に向かう。

ふいに、後《うし》ろ襟《えり》をとられた。

「待て」

気づけば、明通寺の顔がすぐ背後にある。

背中越しに眺《なが》め下《お》ろされ、胸に甘いつぶてが幾《いく》つも打ちつけてきた。

届くと同時に溶けてしまうほどの、綿あめみたいな淡い動揺だったが。

「な、なに……」

それでもじゅうぶん、焦った。狼狽《ろうばい》しつつ見上げると、

「そっちじゃない」

さらに理解不能な言葉が降ってくる。

「窓から入ってきたんだから、玄関から入ろうとしても、きみの部屋のドアはロックされたままだ」

続けば、なるほどとうなずけた。ひとの言葉は、おしまいまで聞かなければいけない。

引きよせられた先、Tシャツの鎖骨《さこつ》あたりが甘い匂《にお》いを放っている。

明通寺の匂い……意識すると、狼狽《うろた》える気持ちがなぜか加速した。

「す、すいません」

「……謝るようなことでもないが」

いっとき触れあった肌の感触が、また唐突に離れてゆく。

——いったい、あれはなんやったんや。

窓から部屋に戻り、一人になってほうと息をつくと、ようやく人ごこちが戻ってきた。

音生の前には、レモンサワーの缶。

褒《ほ》められた行動ではないけれど、酔いで惑わされた気分は、さらなる酔いで躱《かわ》すしかないのではないかと考えた。

なんかおかしい、俺。

さっきの光景が、胸に蘇《よみがえ》る。待て、と言って、ぐいと引きよせてきた、その腕の力。押しつけられるようになった胸から立ち上った香り。

女の子とは違う。たしかに彼女らからは、甘い香りがつねに発せられているようだ。だがそれは、各人の努力の結晶だったり、なんらかの知謀《ちぼう》だったりするのだろう。

明通寺には、べつに音生を陥《おとし》れるなんの思惑《おもわく》もない。

ということは、あの人からは作為もなく恒常的《こうじょうてき》にあんな匂いがしているというわけで……。

そんなことを、つい考えてしまっている自分に驚く。それがどうしたというのだ。男性用コロンなど、まるで珍しくない。異性を吸い寄せるための、手段として嗅覚《きゅうかく》に訴《うった》える手は、普通にある。音生も知っている。しょうもない雑誌に、よく書いてある。

明通寺もそうだというだけだ。もてたくて、ふだんからデオドラントには注意してまーす！

……そんな、ありふれた手口。

休日であっても、どこに転がっているかわからない、ラブチャンス。お隣さんとも、ひょっとして……？

って、隣はただの俺なんやけど。

ばかなことを考えてしまった。そりゃ明通寺のふるまいは、下心まんまんにしたイケメンのそれであるといえなくもない。ワインを炭酸で割るとか、それ以前、どうやら電話のせいでへこんでいるような隣人をさりげなく誘うとか。

いやいや、それはおかしいやろ。即座につっこむ自分の声。隣は男だ。それが、沈《しず》んでいようが死にたいぐらいに落ち込んでいようが、知ったことか。そこに救いの手を差し伸べて、あわよくば隣人を手中におさめようという――。

ないない。なんでそんなくだらない想像をしてしまうのか、男でもあんな美形相手だと、思考回路が歪《ゆが》むのか。誰が狙《ねら》われた隣人やって。ああ見えて、底なしに親切な人やっていうだけやん……ああ見えて、っていうのはないか。

ひとつ気がつけば、いろんなことが不可解に思われた。自分の感情の動くさま、その先にあるもの。

ロング缶を抱きしめて、音生は壁を見上げる。高校生の頃大好きだったアイドルのポスターだったり、美大に進んで、いまだに卒業が叶わない友人がくれた就職祝いの絵だったり、趣味も嗜好《しこう》もばらばらなアイコンが並んでいる。

あのアイドルは引退してしまったし、あいつはいつになったら「世界一のアーティスト」になるんかまったく展望が見えん。

なにもかもが、昔抱《いだ》いた幻想のままの姿で長引くことはない――それだからこそ、人は絶望せずに生きていられる。大好きなアイドルが結婚したからといって、いつか彼女とつきあえると信じていたファンが全員、ショックのあまり出家するわけではない。だいたい、アイドルなんていう存在を、誰もそこまで幻想を抱いて見つめていない。

なにごとも、ほどほどに。妄想《もうそう》も理想も、自分勝手に未来を思い描くことも。

十代の頃なら、反撥《はんぱつ》し退けていたかもしれない「大人の流儀」が、いつのまにか身についている。

いくら好きな相手でも、むこうの「好き」の熱量がこちらを下回れば、不幸になるのは自分だけなのだと知っている。

3

「では、六月の決算が、全店舗《てんぽ》比一四〇パーセントだったことを、ここに祝したいと思います」

東雲《しののめ》の、文脈だけは真面目《まじめ》な言葉が、狭《せま》いテーブルに沁《し》みとおってゆく。

題目なんて、どうでもいいのだ。

ただ、一週間の労をねぎらわれ、おまえはよくやった、立派だったと言われたい。

そんな戦士の軍団が、一様な笑顔で「かんぱーい」と唱和する。

新宿《しんじゅく》店がオープンして、一ヶ月。

おかげさまで、なかなかの利益を計上することができた。

普通なら、「前年度比」で語るべき計上利益を、「全店舗」と大きく出られたのも、各スタッフの努力と、あくなき向上心の結果。

なんだかんだいっても、みんな若い。

入社四年目で店長に就任することとあいなった音生《ねお》の顔を、なるべく潰《つぶ》さないようにと本社人事部がはからった結果の、このメンツならおおいに人事に感謝したいところだ。

若いスタッフ、というより大方がアルバイトという立場のせいでか、乾杯の後はどっと座が乱れた。

遅番を除いて、だいたいの顔ぶれが揃《そろ》っている。気難しい依辺《よりべ》でさえ参加しているのを見て、音生は内心安堵《あんど》の息をもらした。数字がすべての世界といったって、現場が内戦状態だというのでは自慢にもならない。

不穏分子は、いないに越したことはないのだ。

「店長、どうぞ」

相原《あいはら》が隣からビールの瓶《びん》を傾けてくる。アルバイトの大学生だが、高校時代からCDショップばかりで働いているというだけあって、その嗅覚《きゅうかく》は鋭い。仕入れにまで口を出してくるようなバイトだが、おかげで損益を出さずにすんだ。音生としては、舌を巻きつつ感謝、でもちょっと警戒、といったところか。慎《つつし》んで、杯《さかずき》を受けた。

「相原くんには、ひとかたならぬ助力をもらったねえ」

音生が言うと、自負でぴかぴかした顔がさらに輝いた。

「いえいえ、俺なんてそんな。ただちょっと、オタク的知識があるもので――」

いやきみは、そのオタクそのものだからと思いつつ、

「やっぱ、『よい子の歌謡曲』とか宝泉薫《ほうせんかおる》が神様ですっていうタイプ？」

水を向けると、熟《う》れた次郎柿そのままの輪郭《りんかく》が歪《ゆが》んだ。

「あ、あんなのは——ああいった、自己愛偏重主義に基づいた、一方的な決めつけには、とうてい同調しかねます！」

なんだか、まずい藪《やぶ》をつついてしまったらしい。

ひとしきり、「PERFUME《パフューム》」こそが究極のアイドルとする彼の持論を聞かされる。のっちとかしゆかに相次いで熱愛が発覚した件はどうでもいいのだろうか。

辟易《へきえき》したところで、まともな話し相手がやってきた。

「お疲れさまですー」

片岡由里奈《かたおかゆりな》だ。内心、なによりこれがいちばん集客に作用したのではないかと思う、人目をひく面立《おもだ》ちに、小柄《こがら》だがバランスのいいスタイル。

「いや。片岡くんには、いちばん世話になったと思うよ」

グラスにビールを受けた後言う。冗談まじりではあるが、「参った」ところを見せようとしたのだが、由里奈はすると、ぱっと赤くなった。

「そ、そんな。私なんて、一切、なんの役にも立ってませんし——」

いやそれも、謙遜《けんそん》しすぎだろうと思うのだが、由里奈は片手を顔の前に立てたまま後ずさる。

「姐《ねえ》さん、それはちょっとイヤミー」

反対側から、アルバイトの女子大生が口を挟《はさ》んできた。

「どう見たって、いちばんよく働いてるのに、なんの役にも立ってませんしィ？ ——謙虚《けんきょ》すぎてかえってうさんくさい的な？」

とりようによっては喧嘩《けんか》売ってる？　となりかねないセリフだが、彼女の言い方はあっけらかんとして皮肉っぽくも聞えない。

由里奈も気を悪くしたふうもなく、「あ、やっぱり？」と笑っている。

「姐さん目当てに通ってるオタクもいるぐらいなんだしさー、繁盛《はんじょう》してるのはアタシのおかげ！　ぐらい言っとけ言っとけ。ね？　店長」

美和《みわ》という女子大生である。彼女の発音では、「テンチョ」と聞こえる。あまり尊敬されていないなと感じるが、いつものことだし、変にひき気味な視線で見られるほうが面白《おもしろ》くない。

「うん。片岡さんにも美和ちゃんにも東雲くんにも、みんなに感謝してますよ」

「てんちょー、あたしは？」

別のアルバイトが身を乗り出す。

「はいはい、えっちゃんにも」

「なんか、ついでって感じー」

「そんなことないって」

「ねー、店長って大阪の人なんでしょ？」

美和がビールの瓶をとりながら訊《き》いてきた。グラスを上げ、注がれるまま受ける。

「うん？　いや、生まれ育ちは広島だけど、高校から大阪」

「そのわりに、全然標準語ですよねー」

「まあ、郷に入れば郷に従えっていうね」

「フレキシブルなんですね……広島弁って、『わしは腐っても舎弟頭《しゃていがしら》じゃけんのう、オヤジの敵《かたき》はとらせてもらうけ』とか言うんでしょ？」

「『あんた、なにしょーるん。そがーな言い分は組じゃ通らんけん』」

「……それは広島でも、特殊《とくしゅ》な人の言葉でしょ」

由里奈が困り顔で、暴走するアルバイトコンビをたしなめた。

「でも、ちょっとだけイントネーションがあれ？　って時、ありますよね」

その後、音生のほうを向く。

「そうそう。で、あれって思ったら、店長も、あって顔で、そこで止まるの。そして、おもむろに標準語で言い直すと。そこがなんともキュート」

「キュート、って」

「だってかわいげありますよー。ふんわりした感じで。べつに、関西弁で喋《しゃべ》ればいいのにねえ」

「ねえ。男の人の関西弁ってチャーミングだよねえ」

女子大生たちはうなずきあう。

いつのまにか、周りを女の子たちで固められていた。

それにしても、意外と彼女らは観察しているものだ。態度や言葉遣《づか》いはいかにもいまどきの女の子風だが、なかなかどうして侮《あなど》れない。ちゃんと気ぃ入れて働かなあかんなあ、と心の中でたすきを締め直す。

「どうして、無理して標準語使ってるんですかあ？」

きゃいきゃいはしゃぐ声の中、由里奈が妙な顔つきでそっと視線をすべらせるのに音生は気づいた。

その時だ。

「私、関西人って大嫌い」

由里奈の視線のまさに行きついた所から、不機嫌そうな大声がした。

とん、と依辺がウーロン茶のグラスをテーブルに置く。

その音が、なぜか妙に余韻《よいん》を残した。ダイキライ。耳の底で、響く声とともに。

あきらかな敵意の棘《とげ》が、心にちくりと刺さっている。

その場がしんと静まり返った。

皆、一瞬動作を止め、ある者はぎょっとしたように依辺を見つめ、別の者は仔細《しさい》らしく音生を窺《うかが》っている。

「――あは。まあ、そういう人もいますよねってことで」

根っから陽気な東雲の声が、場を救った。

「そんな依辺さんに、かんぱーい」

お調子者というのはありがたい。音生には、同じ場面で「かんぱーい」などととても明るくは言えない。

「――か、かんぱーい」

若いアルバイトが多いのも奏功《そうこう》したようだ。あっけにとられる時間はすぐさま過ぎ去り、全員がなんとなく唱和した。意味のない二度目の乾杯。

依辺はそれ以上水を差すようなことも言わず、なにごともなかったかのように、宴席《えんせき》は賑《にぎ》やかさを取り戻した。

だが、完全に元通りというわけにはいかず、音生を囲む女の子たちが、ちらちら依辺を気にしている。

なんとなく座がしらけてしまったのがわかった。なんでだかは知らないが、依辺が自分に悪意を持っているのには気づいていた。とはいえ、そんなものを向けられる理由に心当たりはなく、気のせいだと流していた。

これでわかった。やはり自分は、嫌われている。

やがてお開きの時間がきて、一同は三々五々《さんさんごご》立ち上がった。

女子大生たちからカラオケに誘われたが、音生はそのまま辞することに決めた。

「――気にしちゃダメっすよ。どうせお局《つぼね》が、意味もなくヒステリー起こしただけっしょ？」

美和が囁《ささや》いてきたが、音生は笑顔で「ちょっと呑《の》みすぎたから」と方便した。貫禄《かんろく》もなく、ひとかたならぬ親しみを持たれているとはいえ、自分の立場はあくまで彼女らの上司なのだ。誘われたからといって、どこまでもほいほいついていったりしたら、やはりそれは「空気を読めていない」ということになるだろう。

解散して、音生は一人、駅に向かって歩き出した。静かな道を、ネオンの灯《あか》りを目指している時、背中のほうから誰かが走ってくる足音がした。かっ、かっ、かっ、というそれは、決して男ものの短靴《たんぐつ》がたてる音ではない。ヒールがアスファルトを蹴《け》る時の、鋭く軽やかな、そしてどこか危なっかしい響き。

振り返るのとほぼ同時に、由里奈の姿が目に入った。

「片岡さん」

「店長、足、速いです……」

追いつくと、由里奈は足を止めた。音生も立ち止まり、彼女を見下ろす。薄茶の、膝下までのブーツのつま先を見つめた。

「カラオケ行かなかったんだ？」

問うと、

「ちょっと呑みすぎちゃったから、今日は早めに帰ろうかなって」

いたずらっぽい笑顔が見上げてきた。

音生の言ったのをそのまま踏襲《とうしゅう》している、ということは、音生のそれが口実だったと見抜いているわけだ。

まあ、あの状況だ。音生がなんだかんだといいわけして引き上げることは、全員が予測していただろう。

「そう。じゃ、反対方向だけど駅までいっしょに行くか」

「はい」

由里奈は、どことなく嬉しそうに答えた。

二人は並んで歩き出した。由里奈に合わせて、歩調をゆるめる。ヒールのあるブーツを履《は》いていても、音生の肩をやっと越えるほどの小柄《こがら》な身体で、一所懸命《いっしょけんめい》走ってきたのだと思えば不機嫌を押しつけるわけにはいかない。

「――依辺さんのことですけど」

やはり、そう切り出してきた。音生の関西弁について、美和たちがきゃっきゃと言っていた時、奇妙な顔で依辺を一瞥《いちべつ》したのは偶然ではなかったらしい。

「べつに、店長がどうとかいう話じゃないですから。気になさらないで下さい」

慰《なぐさ》めるように言うので、音生は苦笑した。べつにそこまで気に病んでもいないから、と安心させようかと思ったが、

「なんかあるの？」

つい訊いてしまったのは、由里奈はなにを知っているのだろうと思ったためだ。

「あ、単純な好奇心だから、無理に教えてくれなくてもいいよ」

付け加えると、由里奈は「好奇心って」と笑った。

「店長って、正直ですね」

「まあ、これで嘘つきだったらとりえがなくなるからね」

「そんなこと」

言いかけ、思い直したふうに、

「べつに本人から口止めされてるわけでもなくて……前の店にいた時に、他の社員の人から聞いたことですから、私が直接知ってるって話じゃないですけど」

と前置きした。

「依辺さん、かなり若い頃だけど不倫《ふりん》してたそうなんです」

「――へえ」

まあ、それなりに齢《よわい》を重ねた女なら、そういうこともあるだろう。だが今の依辺の、色気も化粧《けしょう》っ気《け》もないたたずまいや、愛想《あいそ》のなさを思うと意外の念は禁じえない。

「その、相手の奥さんが関西の人だったとか？」

「いえ。そうじゃなくて、そうこうするうちにその人がまた、別の女とつきあいはじめて三角関係……奥さん入れたら四角関係？」

「なるほど。相手の女が関西人だったんだ」

泥沼《どろぬま》。浮かんだ語を消すように、わざと軽薄に言ってみる。あの依辺でそんな場面は想像したくないというか、厭《いや》やなと単純に思ったせいもあった。

「じゃなくて、揉《も》めた末、結局別れることになって――」

「なんだ、その男本人が関西人か」

「そうでもなくて。別れ話の後、乗った電車の中で、関西弁のカップルがいちゃついていたそうなんです」

「……」

「だからまあ……トラウマ？」

なんと言っていいのかわからなかった。そんな理由で、全否定。理不尽な話だ。

しかし、それならべつだん、音生自身の性格や仕事ぶりとはなんの関係もなかったということだ。それは喜ぶべきなのか。

「また、遠いところから嫌われたもんだなあ」

現実に立ち返り、音生は感想を口にした。

「センターがなぜか、カーブでバックホームしてきた、みたいな」

「そのたとえは、よくわかりませんけど」

由里奈は困惑しているようだ。

「不可抗力ですよね。でもまあ、そんなわけで、店長に非のあることじゃないですから。安心して下さい」

「安心……していいのかねえ」

「だって、店長はなにも悪くないですもん」

由里奈の口調が、すねた子どもみたいで思わず笑ってしまった。

「まあ、初日からなんか、敵意持たれてるなってわかってたし。ぼんくらすぎて腹が立つとかいう話じゃないならいいさ。こっちの人の中には、関西人だってだけで無条件に嫌ってくるのも多いっていうし」

絶対関西弁は使うな、と忠告してきた友人の顔が浮かんだ。

「そんなことないです！」

由里奈が強く否定した。

「私は好きですよ、関西弁も関西の人も」

やや力んだように言い、そんな自分にはっとしたふうに口をつぐんだ。

「いえ……っていうか──まあ一般論として……」

急にしどろもどろにいいわけをしはじめる。

これは……その、恥ずかしそうな横顔を眺《なが》めながら考えた。なんか、特別な感情を持たれてると判断していいのか？　なにくれとなく、店で話しかけてくる姿を思い出す。

いまどきの女の子にしては控《ひか》えめな性格で、しかもよく気のつく世話女房タイプ。

それで美人で、自分にいくばくかの好意を持ってくれているなら文句のつけようもない。もしここが、大阪だったなら。

そうだ。だがしかし、ことは東京、新宿の真ん中で起きている。こっちで女は作らない。既に標語のように心に掲《かか》げた戒《いまし》めの言葉を腹の中で反唱した。

それでも念のため、訊いてみた。

「片岡さんは、ずっと目黒《めぐろ》に住んでるの？」

「ええ。生まれも育ちも、自由《じゆう》が丘《おか》です」

「……家は、家族の方と」

「親といっしょです。自慢じゃないけど、生まれてから一度も家を出たことはありません」

しかも実家住まいか！　……口説《くど》くどころやないな、とあらためて思った。生まれ育った土地から、一歩も出たことのない家つき娘。もしなにかがどうにかなって、つきあうなんていう話になって、そこで大阪に再異動などということになれば――。

確実にふられる。

もっとも警戒しなければならない相手だ。かわいいし、性格もいいし、彼女にするにはやぶさかではないのだが。

――べつに意思表示されたわけでもないのに、ちょっとずうずうしいかとおかしくなった。

休日だが雨である。東京に来てひと月。思えば雨の日のほうが多いような気がする。特に、休みの日に限っては。

出かけるのは億劫《おっくう》なのだが、家でごろごろしてばかりなのも不健康だ。

でも、雨降ってるしなあ。

リビングに寝そべったまま、音生は窓のほうに首を捻《ひね》った。そうこうするうちに、今日ももう夕方から夜になろうとしている。

これから、どんどん鬱陶《うっとう》しい季節になっていく。

駅までは歩いて十五分ほどだから、その道のりが死ぬほど辛《つら》いということもないだろうが、やっぱり車はあったほうがいいのかなあとぼんやり考えた。朝刊に挟まってきたチラシに触発された部分もある。

それほどいい給料をもらっているわけではないのだが、コーポは社宅扱《あつか》いで、家賃の支払いに頭を痛めるといったことはない。福利厚生はきちんとした会社。不況の波は音楽業界をも直撃し、CDが売れなくなったと唱《とな》えられて久しい。レコード会社も、ダウンロード配信のほうに力を入れだしている中、わりあい頑張っているほうといえるのではないか。

もう今月はボーナス月だ。車の頭金ぐらいなら払えるだろう。

雨だから外に出られない、ということもなくなる。

向きを変え、肘《ひじ》の下にあるチラシに目を落とした。軽でいいし、中古でもこの際いい。

——けど。

ほぼ、購入を決意しかかっていたところで、はたと気づいた。そういえば、この近くに駐車場ってあったか？

そんな近くにはない。コンビニの横が駐車場やったような気がするけど、コインパークかもしれへんし……。

ちょっと見にいってみるか、と重い腰を上げようとした時、背後になんらかの気配を感じた。寝そべったままでふたたび頭を巡《めぐ》らせる。はたせるかなベランダに、大きな黒い影が忽然《こつぜん》と現われていた。

「ひっ」

音生は跳ね起きた。まさか押しこみ？

が、よくよく見れば、それは曲者《くせもの》でもなんでもない、よく知った男だった。

「み、明通寺《みょうつうじ》さん……」

「どうも。昨日、帰りに安売りしてたから」

Tシャツにトレパンという、いつもの気を抜いた恰好《かっこう》で、明通寺はぶら提《さ》げていた白いビニール袋をよこした。

窓が開くと、雨音が一段高くなり、明通寺が閉めるとまた遠ざかって行った。

袋を受け取り、中を覗《のぞ》く。

冷凍のギョーザが、三袋ほど入っていた。

「駅前の、東魁楼《とうかいろう》っていう中華屋」

スーパーなどで売っている類《たぐい》のものではないことに首をかしげた音生に、説明するように言った。

「いいんですか、こんなに貰《もら》っちゃって」

「安売りだから。その代わり、酒はきみんとこので」

にっとする。

「いいですねー」

ちょうど夕飯時だった。ふたつ返事で、音生はさっそく冷蔵庫からビールを取り出した。

それにしても、なんでベランダから来るんやろ。俺もたいがいやけど、無精なんやな。

神経質そうに見えたのも、遠い過去のことみたいな気がする。が、実際はひと月ちょっとしか経《た》っていない。ずいぶん印象が変わったものだ。厭な奴《やつ》、とめらめら燃えたあの胸の業火はなんやったのかと思うが、無駄だったということやと結論づけた。

「これって、このまま焼いていいんですかね？」

フライパンをフックから外すと、明通寺はまだリビングに立ったままで振り返った。

「んー？　いいんじゃないの」

という、いたって心もとない保証人ぶりだ。

「蒸すのがいちばん、失敗がないかなー」

しかたなく、自分で判断した。

せいろを取り出して、鍋《なべ》を火にかける。

その間、なにかつまめるものはと探し、いわしの生姜煮《しょうがに》を小皿にとる。

「坐《すわ》って下さいよ」

ビールを運んで行くと、明通寺はコレクションテーブルを覗きこんでいた。

「これ、全部葉室《はむろ》くんが集めたの？」

「いやー……貰《もら》ったものもありますけど。がらくたばっかで……」

ついいいわけをしてしまったのは、たいしたものが入っていないのを知っているからだ。他人からしたら、どうでもいいような、それこそがらくた。

「……広島カープ、優勝記念コイン」

しげしげと眺《なが》めている。

「はは。最後に優勝した時のですけどね」

音生が小学三年生の時だ。記念セール、父親のハイテンション——そこから十七年間も優勝から遠ざかることになるとは思わなかった。カープファンにとって、最後のいい思い出。

「あ、これ見たい」

突然、明通寺が言った。

「えっ、ど、どれですか」

指しているのは、カレッジリングだった。

「いや同窓でもなければ、意味ないですけど……」

やたらといいわけばっかしてるな、俺。思いつつも蓋《ふた》を開け、御所望のものを取り出す。なんの変哲もない代物《しろもの》だ。10金のトラッドタイプで、いちばん安い。台座には青い石が嵌《は》めこまれ、周囲に大学の頭《かしら》文字が刻まれている。

「ふーん……関大《かんだい》のカレッジリングって、こんなんなんだ」

「な、な、なんでわかるんですか、学校名まで」

「裏に彫ってあるよ、『KANSAI　UNIVERCITY』」

「えっ」

「えっ、て。お金出して買ったのに、知らなかったの?」

逆に問われ、返答に詰まった。

「その様子じゃ、買ったはいいけど身につけてはいなかったとみた」

音生の手のひらにリングを落とし、明通寺は莞爾《かんじ》と笑った。

「まあ……それは……」

そもそも、値ばかり張って価値のないカレッジリングなど、特に欲しいと思ったわけではない。

だが、ちあきにねだられて、揃いで購入する羽目になった。カレッジリングいうても、来月卒業やん。

でも、関大出の彼氏って、自慢したいんやもん。

今にして思うと、俺のスペックって学歴だけなんかという話だ。だがあの頃、ちあきは十八歳で……こいつの彼女、十代やねん、と紹介されるのがなんか気分いいと思っている時点で、自分も似たようなものか。

そんなわけで、ちあきはもう、今はこんなものを必要とはしていないだろう。

要するに、無用の長物《ちょうぶつ》だ。しかし、ちあきはリングを返してこず、四万四千円という値が音生をして、それを恋愛ドラマのワンシーンみたいに川原にぶん投げさせたりはしない。

「――なにか、暗い記憶を掘《ほ》り起《お》こしてしまった的な？」

気がつくと、明通寺の眸《ひとみ》が覗きこんでいた。唆《そそのか》すような、思わずいろんなことを白状させられてしまいそうな、深い色の目。

「いや。前の彼女が欲しいっていうんで、揃いで買ったっていうだけの……」

図星を指されるのが厭で、正直にうちあけたものの、コレクションテーブルに飾っている時点で「まだまだ未練あります」と書かれた幟《のぼり》をはためかせているのと同じである。

「で、でも。べつにそれほど執着《しゅうちゃく》してるってわけじゃ」

あわてて言い直した。明通寺は、しばらくテーブルを覗きこんでいたが、やがて興味をなくしたように床に腰をおちつける。

「葉室くんって、もしかして料理上手《じょうず》?」

明通寺は、ギョウザを口に放りこみ、「旨《うま》い」とつぶやいた。ぐびりとビールを呑む。

「え? べつに、そこまでめちゃめちゃ上手《うま》いってわけではないですけども……なんで?」

「だって、一人暮らしの男の家には、普通せいろはないよ?」

「そ、そうなんですか?」

「普通に」高校生の時から持っていたが、そんなに変なのだろうか。「551」の豚《ぶた》まんをおいしく食べるには、必要不可欠なアイテムなのだが。でもそういえば、関東にあの店はない。

それにしても、明通寺の恋人――いればだが――は、あまり料理好きではない女なのか。

まあなんとなく、この男前が選ぶ相手なのだから、「自炊? はっ(笑)」みたいな、ゴージャスでセレブな女なのだろうとは思える。

なんとなく面白くない。それが、なんでなのかと深く考察する前に、

「前の彼女って、東京にはようついていかんっていう?」

話題が変わった。

変わっても、結局ふられ話かいとは思ったが、

「あー、ありましたね。そんな歌も」

つい歩調を合わせる自分が憎《にく》い。

「大阪人に対し、いちじるしく誤った印象を抱《いだ》かせる曲ですよね」

だが結局、ちあきは「ようついていかん」だったのだから、あの曲は正しいわけだ。

「そう？　俺なんか、大阪の女の子はいちずで可愛《かわい》いなあと思ったけど。けっこうじゃないか」

どこがだ。だいたい、いちずな女なら彼氏がどこへ転勤になろうがついてくるだろう。

その意味で、あの曲はクソだ。けどまあ、俺にそこまでの引きがなかっただけのことや。

そう思うと、恥じ入るべき場面なのだろうか。明通寺は、嬉しそうにギョーザとビールを交互に味わっている。

「――明通寺さんは、車持ってるんですか」

思いついて訊ねた。明通寺が目を上げる。

なにか言いたげなふうに眼鏡《めがね》のレンズが一瞬光ったかと思うと、

「いや」

短い返答を聞いた時、音生はそのまま床下までずぶずぶ沈《しず》んでしまいたくなるような思いを味わった。

そうや。足。

知り合ってひと月近く、例の海鮮《かいせん》問屋にも何度か行った。その間、明通寺はずっと右足を引きずっていて、これは昨日や今日に怪我をしたとかではないなと思う。左足しか使えないのでは、特別仕様車でなければ乗ることができないのではないか。

見当がついていたはずなのに、この失言。

「す、すいません」

だからといって、なにごともなかったように話を変えるのも姑息《こそく》な気がした。音生はすぐに謝った。

「べつにいいから」

明通寺は、困ったように笑った。

いつもの、悪魔の笑顔ではなくて、こちらの焦《あせ》りをも優しく撫《な》でつけていくような表情で、束《つか》の間音生はその顔に惹《ひ》きつけられる。

あ、こんな表情も持ってる人なんや。

——という、純粋《じゅんすい》な感心なだけや。すぐに己《おのれ》に言い聞かせたのは、男の笑顔に見とれるなんていうことは、あたりまえにあることではないとわかっていたからだろうか。

いくら、ずっと眺めていても見飽《みあ》きないくらいに精巧《せいこう》なつくりの顔立ちだったとしてもだ。

「免許は持ってるけどね。だから、ペーパードライバー？」

その上明通寺は、音生の失態をさりげなくフォローさえしてくる。こんなふうに、自身を茶化すような物言いまでして。

恥ずかしい奴や俺。だがそれ以上ウェットな空気感を出したままでいるわけにもいかなくて、

「まあ俺も、彼女がいなくなって即行で売りましたけどね。車なんか」

「なんか、っていう部分に怨念《おんねん》を感じるなあ」

虚《むな》しく笑う。

「いや。だって引っ越し決まってたし。車だと、カーフェリー？　あれで運ぶしかないしっていうか」

「たしかにそれはめんどうだけど、大阪からここまで車で来るという発想はなかった？」

「なくもなかったですけど、けたくそ悪いっていうか」

「はは。たしかにけたくそ悪い」

「だって、前の彼女とのデートぐらいにしか使わなかったですよ、車」

話しながら、なんでこんな細部まで穿《うが》った彼女話なんかしているのだろうと思う。

そこまで自分は、明通寺に心を開いているということだ。しかし、その明通寺はといえば、肝心なことはなにも音生に教えてくれていないような気がする。

突然、その事実に気がついた。ちあきの件は、何回か語らされたのに、明通寺さん自身の恋バナなんか、ぜんぜん聞いてない……。

「明通寺さんは」

気づいたら言っていた。

「今は、彼女とか、いないんですよね……？」

探るように放つ、その一言を。

明通寺は、口の端だけをきゅっと上げた。

「彼女はね。いないよ」

「あー……なんかもったいないですねえ」

「なんで」

「だって、せっかくそんなに男前なんや……なんだし」

「言い直さなくていいから」

明通寺は、そして、愉快《ゆかい》そうに言った。

「いない歴何年ですか？」

ちょっと詮索しすぎかなと思いつつ、興味のおもむくままに訊ねてしまう。

「恋人？　うーん……」

視線を宙に泳がせるようにする。

「……半年ぐらいかな？」

「半年かあ」

じゃ、俺のほうがまだ浅いってわけやな。

なんでそんなことで嬉しくなるのかわからない。優越感ってやつ？　いやそんな。

「俺のほうがましやーとか思ってる？」

そんな心を見透かされたような問いかけに、どきっとした。

「いえいえ、まさか。そんなことは」

音生は、やや焦りつつ否定する。

「そんな、明通寺さんの彼女さんのほうが、俺の駄彼女なんかよりずっと、クオリティ高いにきまってますし――」

「クオリティ高い彼女って、どんなのだよ」

明通寺は、ひとの悪そうな笑みを浮かべてつっこんでくる。

「や、そりゃまあ。美人だったり、モデルだったり？」

勢いでついそう言ったが、

「AV女優だったりね」

なおたじろぐようなことを言われた。

「最近のAVさんは、おおむねび、美人ですし」

「どんなフォローだよ」

つっこむも、明通寺はしょうがねえなという顔で笑っている。そらそうや。あんな言い方したら、まるで「どうせ自社作品の女優とうまいことやってんねんやろ」と邪推《じゃすい》していたみたいである。そんなことは、一片も心に浮かべたことはないのだが。だがこれ以上言《い》い募《つの》って、不本意な藪《やぶ》から不本意な蛇《へび》をつつき出すのも剣呑《けんのん》である。

「まあまあ、一杯いこう」

いつのまにか、テーブルに音生秘蔵のジャックダニエルが出ていて、明通寺は我が物顔でソーダ割りを作っている。受け取って、半分ほど呷《あお》った。なぜかひどく、喉がかわいている。

「いやー……俺も、なんか好き勝手なことを口にするかもしれませんけども」

ゆらゆら視界が揺れていた。そんなに弱いはずはないのに、なんだかもう、深く酔った末のぶっちゃけタイムに入ってる感じ。

「どうぞ。好き勝手なことを吐き捨てて下さい」

しかも促《うなが》されてるし……。

「まあ、己の暗い過去が蘇《よみがえ》る、っていうほどの理由でいたずらに他人を否定するっていうのはどうなんや？　っていう……それもただ、出身地が気に入らないくらいの理由で」

驚くほど自然に、言葉が出ていた。言った後で、ああ、俺はそれがひっかかってたんやなあと、自分で確認するほど、誰にも明かしていなかった気持ち。依辺による偏見《へんけん》のあびせ倒し。

職場とは関係ない、赤の他人に鬱憤《うっぷん》をぶつけている時点で、俺も最低や。

「けどねえ、不倫なんて、もともと家庭のある男にちょっかい出すおまえが悪いんや、って話ですよ！」

「まあ、ちょっかい出したのか出されたのかはわかりませんけども」

「口真似しないで下さいよ。俺をばかにしてるんですか？　……っていうか、それほどのしょうもない男に執着してる時点でおかしいから」

「なるほど。とんだとばっちりの災難だったわけだ。葉室くん的には」

「災難ちゅうか、関西人だってだけでそこまで言われるっていうのも、なんかなって。『関西の人って、大嫌い！』」

気がつけば、依辺の口調までコピーしている。

「まあまあ。そこは誰しも、感情移入するところだから」

明通寺がボトルを持ち上げ、中身を音生のグラスに注ぐ。

「メンタルやられてる時にふと耳にしたってだけで、その類まですべて否定していいと？」

「そこまでは言わないよ。でも、俺も中学の時、四十度の熱出して超具合悪い時に、隣の弟の部屋から主題歌が聴こえてきたってだけで、それ以降『キテレツ大百科』は大嫌いだから」

「あはぁ？　明通寺さんに、そんな過去が」

しかも『キテレツ大百科』って。音生は瓶を取り、返杯する。

「ちょっとしたことで、どうでもいいようなものまで受けつけなくなる……よくあることさ」

「まあ、そうなんですけども……」

「結果があるからには、原因がある。葉室くんは今回、その根っ子を自力で発見した。それは、まあこれからのきみの半生にきっと役立つ」

「半生って……俺の人生、ここまでで半分まで行っててんですか……まだ二十六なのに」

そうではなく、依辺を赦《ゆる》してやれということなのだろう。

原因があるから、結果がある。しかしそれは自分にはなんの非もあることでもない、ただの他人の個人的思い出によるものなのだから気にせず流せと。

それはわかるけど、誰かにいわれなきことでひどく嫌われてしまうって、そんなんアリなん？

ただ出身地が西方だというだけで誰かから憎《にく》まれるような事態が、己の人生の中で起こるとは音生は思っていなかっただけなのだ。

だから、依辺の件はカウンターパンチをくらったもいいところ、というか、やはり理不尽だとしか思えないのだが……。

「そうだよ、きみは、そんなしょうもない理由でもなければ誰かに憎まれたりするような人じゃないから……」

そんな慰《なぐさ》めが、実際に投げかけられた言葉なのか、それとも己の願望が作り出した幻《まぼろし》なのかすら判然としかねる。

いつのまにか夜も更《ふ》けていて、音生の意識はあいまいなままにすっと途切れた。

目覚めれば朝である。

昨日の雨が嘘みたいに、晴れ渡った空を、ベランダの窓から出て確かめた。

振り返ると、リビングの床に、長々と横たわった身体。

昨夜、あのまま、明通寺は音生の部屋で寝入ってしまった。

まあ、夜も遅いしさっさと帰れ、とつき飛ばすほどの距離でもない。

ベランダを辿《たど》れば十秒で帰れる、という近すぎる他人なため、なしくずし的に部屋に泊まることを認可したにすぎない――たぶん。

日曜日。明通寺にとってはなお続く休日だろうが、音生は仕事がある。

それで、リビングに明通寺を放置したまま、おもむろに朝食を作りはじめた。

米を研《と》ぎ、小鍋で湯を沸《わ》かす。煮立ったところで煮干しとだし昆布を投入し、ネギを刻んだ。

だし巻きの準備が整い、ちょうど飯も炊《た》けた。

「明通寺さ……」

起こそうとしたところで、ふと考えが変わる。音生は、クッションを枕《まくら》に横向きに寝そべっている明通寺の、頭のほうにしゃがみこんだ。

眼鏡を外していて、長い睫《まつ》毛《げ》が目立つ。閉じた目蓋《まぶた》。きれいに通った鼻筋。なぜだかへの字に結んだ唇。

見れば見るほど、男前なのだ。それはもう、嫉妬《しっと》するのもおこがましいレベル。

それで一流大学を出て、AV制作会社の営業。いや職業に貴賤《きせん》はないが。

一見とっつきにくいけど、つきあえばいい男だ。外見に反して気取ったところもなく、どことなく飄々《ひょうひょう》としている。一見ばかにされているふうに感じる、あの笑顔に馴れれば、誰だって仲良くなれる。

こんな明通寺が選ぶのだから、恋人になる相手はきっと、自分の想像を裏切るものではないだろう。

どんな女が、この人に愛されるんやろ。

思い、そんなことが気になっている自分に、軽く驚いた。

どれほどの女だとしても、それは俺には関わりのないことや。

自分はただの隣人やもんなあ、と侘《わ》びしい気持ちになった時、だしぬけに明通寺がぱっと目を開けた。

およそ誰だろうと、こんなふうに唐突に目を覚ます人間は見たことがなく、したがって音生はひっとあとずさってしまう。

「ってねえ。なにをびびってんの」

明通寺はにやにやと笑いつつ、半身を起こす。きれいな黒々とした眸《ひとみ》は、起き抜けとも思えず冴《さ》えており、据《す》えられると意味もなくどぎまぎしてしまう、視線のマジックも朝から絶好調。

ていうか、もしかしてだいぶ前から起きてたとか？

疑いを検討してみる暇《ひま》もなく、明通寺はあー、と鼻をひくひくうごめかせる。

「いい匂い。みそ汁……具は油揚《あ》げとネギだ」

「……みそ汁はともかく、具までわかるんですか」

ものすごい嗅覚《きゅうかく》だ。

「俺は、きみ、みそ汁に関してはプロだよ？」

すると相手は、得意気に胸を張る。

「プロ……みそ汁のプロって、なんですか」

「まあ、細かいことは訊かないってことで」

ただ単に、言ってみたというだけなのか。明通寺は枕もとから眼鏡をとる。かければ、いつもの馴染んだ顔になる。目を瞬《しばた》かせ、音生をあらためて認めると、ふととまどった顔になった。

「じゃ、顔洗って下さい。すぐ飯にしますから」

そんな顔をされても困る。音生は立ち上がった。

「あ、そうか。葉室くんは今日は出勤か。いいの？　飯までいただいちゃって」

「だいじょうぶですよ、まだ七時前だし」

「七時前!?　うあ、ほんとだ。俺、日曜の朝に七時前に起きたことなんかない、この十数年」

それは、叩き起こされたのが不本意だということか。

気を遣《つか》ってくれているんだか、そうでもないんだか、よくわからない。

でも、そんな明通寺の気のおけなさが、かえって心地よく感じられたりする。

気を遣って、本心を隠されるよりはよほどいい。

俺、けっこうあの人のこと、好きかも。

バスルームから流れてくる水音を聞きながら、焼き上がっただし巻き玉子を皿に盛る。立ち働きつつ、ふと、これって嫁《よめ》状態？　と思った。

次いで、なに考えてんのや俺、と思い直す。なんでそんな想像を働かせたのだか理解に苦しむところだ。泊まりこんだ友人に朝食をふるまうなど、学生時代にもたびたびやっていたことだ。けれど、その中の誰の嫁にも、なったような気がしたことなどない。

あたりまえだ。男は普通、嫁にはならない。いや、なるケースも近年は増えているだろうが、それは男をしのいで経済力のある女を妻にした場合――戸籍上《こせきじょう》は、夫は夫。嫁らしいことをしているからといって、妻ではない。

そんなあたりまえのことを、なんでいまさら己に言い聞かせなければならないのか。音生は、ややこしいことを考えている自分が、ふと疎《うと》ましい。

4

DVDを二枚購入した客が、プレゼント用に包装してくれと所望した。濡《ぬ》れ雑巾《ぞうきん》でも押しつけられたかのような顔で、相原《あいはら》が「店長、お願いします」と場を譲《ゆず》る。

それほどの頻度《ひんど》ではないにせよ、CDやDVDを贈答用に買い求める客はいる。まあ、ジュエリーショップや雑貨屋などよりはずっと少ないだろうが、新規雇用のアルバイトたちはなぜか一様にラッピングを畏《おそ》れている様子だ。

一度、皆を集めて基本的な技術の手ほどきぐらいはしたほうがいいのかもしれない。

広げた包装紙にDVDを重ねて置き、音生《ねお》はそんなことを考えた。クリスマスシーズンから正月にかけては、こういった要望も増えるはずである。

レジは空《す》いており、てきぱきとDVDを梱包《こんぽう》してゆく音生の手さばきを、相原は一部始終見守っていたらしい。

「すごいすね、さすが店長」

客が帰った後、目を丸くして感心しているから、少しは恥じろというかなんといおうか。

もう少し柔《やわ》らかい言葉で自覚をうながそうとした時、由里奈《ゆりな》が戻ってきた。

「店長、レジ代わります」

午後便のチェックを、音生はしなければならない。それから、届いているはずの注文書。

「あ、由里奈ちゃーん。今日、空《あ》いてる？」

反省どころか、相原はたちどころに由里奈に注意を移す。同い年の彼女にご執心《しゅうしん》なことは、店じゅうの人間が知るところである。

「ごめんなさい、今日は先約があるんです」

由里奈は、しかし、あっさりと誘いを退《しりぞ》けた。どこへ行くとか、なにを食べるとか、そんな詳細《しょうさい》をいちおう聞いてからというならまだしも、「空いてる？」だけで即座に断るというのは、つまりそういうことなのだろう。

おそらく、相原以外の全員が同じ意見だと思うが、当人だけが気づいていないようなのがもの悲しいところだ。

「えー。なんか由里奈ちゃん、いつも用事なくない？」

「ごめんなさい、約束が多くて」

笑いながらもきっぱりと、由里奈はつけいる隙を与えない。

じゃ、いつなら空いてる？　というのが次の一手だとは、これまた相原以外の全員が思っているはずだ。しかし相原は、そこで引き下がる。押しが弱いのか、由里奈の引きが強いというのか。

「休憩《きゅうけい》どうぞー」

今日は早番の美和《みわ》が現れた。じゃ、あとは頼むと言いおいて、相原とともにレジを出る。

「——あれってやっぱ、男いるってことっすかねえ？」

バックヤードに向かいながら、相原が情けない声を発した。

「わかってるんなら、あきらめれば？」

音生がすげなく答えると、「そんなあ」といっそう悲嘆《ひたん》にくれる。

「一縷《いちる》の望みまで、打《う》ち砕《くだ》かないで下さいよお」

「どうなのかは知らないよ、俺だって。断言できないけど、いても不思議じゃないっていうだけで」

「それが夢を壊すんですよ。店長ったらもおー」

「へんな声出すな、気色悪い」

バックヤードに足を踏み入れたところで、二人は申し合わせたように会話をぴたりと止めた。

前髪を、色気のない黒いピンで留めた依辺《よりべ》が、伝票片手に電卓を叩いている。

「お疲れ様です——葉室《はむろ》さん。注文書、そこに置いておきました」

いたって事務的な口調で言う。

そんな扱《あつか》いには、もう馴れた。音生は机の上のファックス用紙を取り上げる。人気ボーカルグループのベスト盤が、来月発売になる。

「――うわ。イニシャル五十万て！」

横から覗《のぞ》きこんだ相原が、すっとんきょうに叫んだ。

「このご時世に。ベックス、あい変わらず強気っすねえ」

「まあ、その五十万のうち、うちで一万枚捌《さば》けって言われたら無理だけどね」

「でも、一週目の火曜日の夜、あきらかに会社員風の謎《なぞ》のスーツ男が現れて、残ったぶんを買い占めていくかも……」

「早めに返信、お願いします」

氷のような声が割りこんで、はっと気がつく。つい、愉《たの》しげな「私語」を叩いてしまったということに。

依辺が、刺すようなまなざしをこちらに向けている。

「――へいへい、すいませんね。くだらなくて」

ロッカーの扉を開けながら、相原が音生にだけ聞こえる声で言った。

依辺が音生を嫌っているらしいのは、あの飲み会以降全従業員の知るところだ。

それが、音生の仕事ぶりや日頃の言動とかいったところとは関係なく、ただ「関西人」であるというだけの理由で――。

副店長の東雲《しののめ》や、由里奈が吹聴《ふいちょう》したとは思えないから、おそらくアルバイトたちが流したのだろう。「なぜ嫌うのか」という理由まではっきりしないまま、翌日には、遅番の間にまで広まっていたようだ。なんとなく、皆の依辺に向ける視線が冷たい。翌日には、遅番の間にま

まあ自業自得《じごう》と言えばそうなのだが、音生はなにも、依辺を敵とみなしているわけではなく、逆に一人でも不協和音を発する者が同じ店にいるのは心苦しいと思う。

かといって、若い従業員たちを一堂に集めて、「依辺さんとは、ふつうに接するように」などというきてれつな訓示を垂《た》れるわけにもいかず、困ったところである。

その日も、そんな思いを抱《いだ》きながら退勤した。

裏口から出て、とぼとぼ歩き出すと、背後で聞《き》き憶《おぼ》えのある靴音《くつおと》がする。

これはもしや、と振り返ると、ブーツをかつかつ鳴らして駆けてくる、小柄《こがら》な姿があった。

どうでもいいが、ハイヒールなのに、いざという際には全力疾走《しっそう》してしまえる女たちは、すごいと思う。

自分だったら、あんな華奢《きゃしゃ》な踵《かかと》一本に、己《おのれ》のすべてを任せてしまうことはとてもできない。

その点、女は生まれつき、いつかはハイヒールを履《は》くものと運命づけられている。

多かれ少なかれ……そして、その不自由な状態にあっても全力で走るのだろう。

というようなことを、由里奈が追いつくのを待つ間に考えた。意味は、特にない。

「店長、やっぱり、足、速い、です……」

息切れ具合がこのあいだ以上で、由里奈が呼吸を整えるまで、音生はその場で待った。

「……先約があったんじゃないの？」

とりあえず訊《たず》ねる。詰問《きつもん》したつもりはないのだが、由里奈がとたんに眉《まゆ》をきゅっとしかめたから、あ、まずかった？　と思い直した。べつに理不尽なことは言ってないはずなのだが。

「相原さんのは、あれは、口実です」

依然として息が切れているのかと思ったが、そればかりではなかったらしい。由里奈はうつむき、困ったような顔をする。

責める意図があったわけではない。いや、なんとも思ってへんねんやったら、はっきりそう言ってやったほうが相手のためやろ？　思わないではないが、忠告するにしても、相原は正式に由里奈に交際を申しこんだわけでもないらしいから微妙だ。

「あんまり、誘われて、困るから……」

すがるような目が、見上げてくる。

「……。若い人はいいねえ。愉しそうで」

結局のところ、そうとでも言うしかない。由里奈がとたんに非難する眼差《まなざ》しを向けてきたが、気づかないふりをした。

「若い人、っていったって。店長だって、じゅうぶん若いじゃないですか」

非難は、ひとまずそこに集中させたものらしい。由里奈は賢い。並んで歩きながら、掬《すく》い上《あ》げるような上目づかいで見てきた。

「いやいや。四捨五入したら三十だから」

「でも、まだまだ若いです」

「――そう？」

「見えないものを見ようとしてる側だと思いますよ？　まだ」

どきりとした。

由里奈はもちろん、音生の私生活までは知らない。日々、どんなことに心を揺らし、時に憤《いきどお》ったり弱ったり、感情の振り子を行ったり来たりさせているかなどは想像するしかない立場だ。

それでも、その言葉は正《まさ》しく今の自分の不安定な心の状態を言い表しているような気がした。

「はは。望遠鏡を担《かつ》いで踏み切りまで行ったりはしてないけどね」

「店長、忙しいです？　ご飯、食べていきません？」

音生は面食らって、由里奈を見下ろした。

茶化されたことは無視して、自分の希望するところを率直に口にしたとおぼしき彼女に、その瞬間、勝てないと思った。

あいまいに濁《にご》してばかりの自分が、情けなく思えるほどに。

「――特に用はないんだけどね」

ややあって、答える。由里奈は、大きな目を見開いて聞いている。

「相原くんのこととか……いろいろ思うと、それはちょっと、ダメかなと」

この期《ご》におよんで、あまり潔《いさぎよ》さの感じられない返答だ。我ながら思った。かっこ悪！　と。

「……」

「ごめん。べつに、片岡《かたおか》さん個人には問題あるとかじゃないから」

急いでフォローするあたりも、情けない。

「そうですね。相原さんに、はっきり言わない私の態度がいけないんですよね」

ああ、やっぱりそういう解《かい》釈《しゃく》をされてしまったかーと思う。由里奈はしばらくうつむいていたが、

「私は、好きな人が行くところについていきますから」

なにを思ったか、全然べつのことを言ってくる。音生は思わず、え、と問い返す。

「大阪だろうが九州だろうが、たとえ、故郷のラトロンガ島に帰るからって言われても、好きな人になら、どこにでもついて行きます」

——それは、自分のたいそうプライベートな部分へ向けてのメッセージだったのだろうか。

反対方向に別れる改札で手を振り合ってから、音生はほっと息をついた。ラトロンガ島って。

だがたぶん、あれは由里奈の本心なのだろう。そこは疑うものではない。

なんとなく、彼女のことは信じようとかいう気になってる？

でもわからん。と打ち消す声。そんなことを言いながら、いざという時に「大阪の街はよう

捨てん」と裏切るのが女や。そういうもんや。

いちずでかわいい女じゃないか。

ふいに耳の底で、その声が蘇《よみがえ》った。音生は目を見開く。けっこうなことだと言ったんだっけ。そんなのはどうでもいい。あいまいな記憶を、取り払う。なんで今、そんなことを思い出してるんかというのが問題なんや。

いや、もちろん連想しただけだ。思い直した。好きな人が行くところにならどこにでもついて行く、といった由里奈の言葉から、東京にはようついて行かんというあの歌詞を思い出したのだ。つい最近、それについて語り合ったばかりだったからだ。意味なんて、その程度。

おたおたと考えをまとめ、そういうことにしておこうと思っている自分に気づく。こっちで新しい恋をするのも、そんなに悪くないかもというさっきの気持ちなんかどうでもよくて、そんなことを考えているそばから隣人の顔なんかふいに浮かべていることにとまどっている――そういうことにしておくことなんかできなくて、まだそこにこだわっている、ぐずぐずなこの思いは、なんなのだろう。


七月に入って、確実に太陽はギアチェンジした。大阪の暑さを知っているから、それほどとも感じないのだが、肌寒《はださむ》い日さえあった先月までを思うと夏が来たんやなと実感する。会話の中に、「暑い」というフレーズが頻繁《ひんぱん》に登場するようになり、雨の日がさらに多くなる。

細長いビニールを被《かぶ》せた傘を手に、音生は並んだ棚《たな》の間をとろとろとめぐっていた。

前後にも左右にも、ぎっしりとＤＶＤソフトが詰まっている。近所にある、レンタルショップ。

休日だが平日で、もちろん遊んでくれるような知り合いもいない。友人と休みが合わないのは、心斎橋《しんさいばし》の店にいた時と同じなのだが、あの頃のように彼らの終業時間を待って街に出るほどの気概《きがい》もない。新しい環境に、意外なほど疲弊《ひへい》させられているみたいだ。

最新作から、少し前にヒットした東西の映画、ハリウッド制作の超大作から邦画の小品、昔の名作。

だんだん、モノクロのジャケット写真が目立つようになってくる。どれを借りようかと思い、ふと上げた視線の先に、見憶えのあるパッケージを発見した。

おなじみの、『淫乱《いんらん》女子高・ひみつの放課後』である。

遠目にぴんときて、音生はそのまま吸い寄せられるようにそのコーナーへ近づいた。手にとってみる。店のシールが貼られ、プロテクターをかけられている以外、寸分違《たが》わぬその一枚。あたりまえのことなのだが、なんとなく口許《くちもと》がゆるむ。裏返し、「制作・ペガサスフィルム」という表記を発見すると嬉しくなった。

次々に手にとり、ペガサスフィルムの作品をさりげなく目立つようにディスプレイし直した。

誰かの視線を感じた。顔を上げると、レジカウンターの向こうから、青いシャツのユニフォームを着た店員がこちらを窺《うかが》っている。

彼女があきらかに、不審者を見る目をしているのがわかり、はたと気づいた。頭上に下がったプレートに、「アダルトコーナー」の文字。

そそくさとその場を離れる。目についたテレビドラマの棚から、適当に抜き取ってレジへ急いだ。

「カードはお持ちですか」

「あ、心斎橋店のなら……」

「——もうしわけございませんが、当店のカードは他の店舗《てんぽ》ではご利用できません」

そこで免許証を出し、新規作成するはめになる。できるだけさっさとずらかりたい時に限って、こうだ。

その上、真新しいカードとともに、DVDの入ったケースをよこす時まで、彼女はずっと、訝《いぶか》しむ視線を音生に投げかけている。

なんやねん。

外に出てから、音生はキッと今出て来たばかりの建物を振り返った。

たしかに、平日の日中からレンタルショップのアダルトコーナーで異様に熱心に作品をためつすがめつしている若い男は不気味だろう。

だからって、そんな奴《やつ》全員が変質者と思うなよ？

なめんなよという気持ちだったが、コーポにたどりついてケースを開け、彼女の視線の意味を悟った。

同じドラマDVDの、二巻と四巻だけを借りてきたことを。

いくら動揺していたからといって、これは情けない。

しかも見たことのない作品だったため、第一話から見られないのでは話の筋を摑《つか》むのも難しそうだ。

試しに裏に書いてあるあらすじを読んでみたが、三十路《みそじ》間近の女の仕事と恋愛とそれ以外を描いたドラマになど、あまり興味はない。

あーあ。冴《さ》えないの。

結局テレビをつけ、映《うつ》った画面をぼんやり眺《なが》めることになる。

ビールでも呑もうかなと思い、ベランダに目をやった。境界のなくなった向こうに、明通《みょうつう》寺《じ》宅側のベランダが見える。

そもそも、明通寺の勤務先が作ったDVDだから、目についた。

あー、これ明通寺さんが売りこんだんかもなあ。

DVD制作会社の営業職というのが、具体的にどんなものなのか、詳しくは知らない。

けれど、明通寺の話から察するところでは、ショップに足を運んで、自社作品のレンタル状況を調べたり、新作ソフトの売りこみをするというのも、業務のひとつであるらしい。

そんなことが頭に浮かんだものだから、つい幇助《ほうじょ》してしまった。明通寺が努力して、毎日こういった店を回っていると考えると、目立つ場所に置いておいてやりたいものだとごく自然に行動していた。

俺、なんなんやろ。

片岡由里奈との間柄《あいだがら》は、あれ以来停滞ぎみだ。ただ、相原は正式にお断りされたらしい。バイト仲間を誘って、やけ酒ライブを行ったと聞いた。カラオケボックスで、えんえん四時間歌い続けたという話。想像するだに恐ろしい。とんだジャイアンリサイタル。「店長、『さよなら』ってタイトルの曲だけでも二十ぐらいあるんですねー」と、つきあわされた大学生が言ってきた。相原は、そうした曲ばかりを選んで熱唱したそうだ。「若いのに自虐的《じぎゃくてき》だねえ」とでも返しておくしかなかった。

相原をそれ以上勘違いさせなかったことを免罪符に、また由里奈に誘われたら断り切れるだろうかと、その時ふと想像した。

いや誘われてないけど。昼休憩でいっしょになって、近くの定食屋でランチをとった以外、二人きりにもなっていない。焼き鯖《さば》定食に肉じゃがをつけて、もりもり平らげる音生を、なんだか珍しい動物の檻《おり》を覗きこむみたいな目で見ていたが。

相原を振るついでに、自分の件も振り切ったのかもしれない。

かわいい彼女ができるかもしれないチャンスを棒に振って——こっちでは恋はしないと決めていたとはいえ——隣人との絆《きずな》を深めることに邁進《まいしん》している、この状況はいったいなんなのか。

5

その次の土曜日は、七月になってようやく好天に恵まれた休日だった。

梅雨《つゆ》の晴れ間というのか、朝からさんさんと陽光が降り注いでいる。

音生《ねお》は張り切って、溜《た》めこんでいた汚《よご》れ物《もの》を洗濯機に放りこみ、フローリングの床にワックスをかけた。この部屋に移住してから、初めてのワックスがけ。

昼過ぎ、ベランダで洗濯物を干しつつ、視線は自動的に隣に流れる。明通寺《みょうつうじ》は留守なのか、そこに続く窓が開くことはなかった。

なんとなく憮然《ぶぜん》として、音生はそのままレールに腰を下ろした。上空を仰《あお》ぐ。まさに蒼穹《そうきゅう》という語に相応《ふさわ》しい色だ。東京には空がない、と言ったのは、どなたの嫁《よめ》だったっけ。いや、あるよな空は。正確にはここは東京やないけど。

目を閉じると、ふだんはやり過ごしている周囲の気配がにわかにぐんと近づくようだ。道路を行き交う車の音、近隣の家々からのぼってくる匂《にお》い。どこかで魚を焼いている。

そうかと思えば、真下では子ども同士が喧嘩《けんか》をはじめる。なんだよおまえー、いや違うおまえが悪いんだろ、俺悪くないもん、俺だって。

初めて外国の地へ降り立った者は、かなりの高確率で「子どもまで英語を喋《しゃべ》ってる」ことにいたく驚くという。

それと同じで、初めて関東に来た時――高校一年で、友人たちとディズニーランドに遊びに来た――音生たちを最初に驚かせたのは「子どもまでドラマみたいに喋っとる」事実だった。いまだに、「厭《いや》だわあ店長ったら」などと言われると、俺はどんな話の何役なんや、と思うことがあって、それはこっちの人間には想像のつかないものかもしれない。

目を開ける。子どもたちはいつしか通りすぎていったらしい。喧嘩の声はもう聞こえない。眼下に見える民家の庭に、今を盛りと咲《さ》き誇《ほこ》る紫陽花《あじさい》の花。

どこかで呼び鈴が鳴った。

あー、なんや、早よ出たれや、とその無機質な音を頭蓋《ずがい》に響かせ、四回めまで数えたところで気がついた。っていうか、うちや。

ワックスをかけたばかりの床を、慎重《しんちょう》に進んで玄関に出た。明通寺《みょうつうじ》の顔が浮かんでいたが、あの人はまず玄関からは来ない。

なら、と友人の顔を次々思い描きながらチェーンを外した。

しかし、そのうちの誰でもなかった。

「……ちあき……？」

「なんやのん。ひとをゾンビ見るみたいな目で見なや」

ちあきは、ずけずけした口調で言い、三和土《たたき》にさっさとシルバーのミュールを脱《ぬ》いだ。ふわふわしたウニみたいな形の丸い飾りがついているそれを、片足でちょんちょんと揃《そろ》え、迷いもなく室内に上がってゆく。

「いや、あの、ちあき」

「へーえ、わりといい部屋やん。東京は物価高いし、もっと狸《たぬき》の寝床《ねどこ》みたいなことになってんのかと思ったら」

狸の寝床って、どんなんや？　あい変わらずマイペース。我が物顔でもう、ベランダを覗《のぞ》きこんでいる元彼女の、ひさびさに目にする背中をぼんやり眺《なが》めた。

「っておい」

我にかえってたしなめようとした、その機先を制するように、

「ネオちゃーん、会いたかったー」

飛びついてきた。もともと、ややぽっちゃりかげんだったが、このひと月でまた太、いや体格が立派になったようだ。腕の中で弾《はず》む身体を行きがかり上抱きとめる。

だがたしかに、それは長年馴れ親しんだ感触でもある。ふわりと鼻孔《びこう》をくすぐる、甘ったるいフレグランス。明るい色に染めた髪。

ほとんど懐《なつ》かしいともいえる、ちあきの抱き心地を感じながら、しかし頭の中は「？」で満

タンだ。いったいなんでまた、急に？

「会いたいって思ったら、たまらんようになって、つい新幹線に乗っちゃったのん」

「いや、っていうか……」

「あ、住所は水《みず》やんに聞いた」

「……やろうな」

前に、ちあきに次の男ができた——というかそもそも二股《ふたまた》をかけられていた——ことを教えてくれた友人だ。そういえば、その後ちあきに音生の住所を訊《き》かれたから教えたとか言っていた。その時は、なんで今さらちあきが自分の住所なんか知りたがるのだかわからなかったが。

そうや、俺は二股かけられとったんや。思い出し、音生はちあきを突き飛ばした。

「ちょっとー、なにすんのん？」

実際には、やや強めに押しやったというだけだったろう。

それでも、ちあきは心外そうに睨《にら》んでくる。

「なにすんのん？　やないわ」

そういう目をされると弱いよなあと思いつつも、なるたけ不機嫌な声を出した。

「おまえ、もう次の男、おるんやろ」

ちあきは一瞬、うっと詰まったが、すぐに、

「そんなん、どうでもええやん」

ふてくされたように答える。

「どうでもよくないって。彼氏おんのに、元カレの部屋にのこのこ上がりこんだりしたら、まずいんと違うのか」

「えっ、それって、むらむらっときたネオちゃんに押し倒されたりしちゃうかもってこと？」

なんでそう、己《おのれ》の都合のいいほうに解釈《かいしゃく》するんや。

だが、ちあきはもともとこういう女だ。

じっとりと、厭な感じに湿った空気が両者の間にしばし流れる。

「――まあええやん。その話はあとあと」

すぐに視線をぶった切って、ちあきは床にしゃがみこむ。

「ひさびさに、ネオちゃんの好きな肉じゃが作ろうと思ってきてん」

そこに置いた、ダミエのボストンバッグから、高級ブランドにはおよそ似つかわしくないじゃがいもやら肉のパックやらを次々取り出した。

わざわざ大阪から運んできたんか？

「キッチン借りるねー」

呆《あき》れるというか、あい変わらず衝動で行動する女やっていうか。マロニーの袋をいちばん上に載せ、意気揚々《ようよう》とレンジ台に運ぶちあきを呆然《ぼうぜん》と見つめた。

やがて油のはねる音に続いて、なにかを炒《いた》めるしゃかしゃかいう音、とぽとぽと水を入れる気配などが伝わり、そうこうするうちに憶《おぼ》えのある煮物の匂いが漂《ただよ》ってきた。

およそ家庭的というのとはほど遠い女でも、「男は肉じゃがに弱い生き物」という定説を宗教のように信仰した結果、「肉じゃが（だけ）が得意」と自負しているケースは多い。それって、何百年前の教義やねん。

ちあきも、ご多分に漏れずその一員だったが、たしかに肉じゃが（のみ）は旨《うま》かった。ベタとはいえ、胃だけは正直に反応する。あー、ちあきの肉じゃがや、と思うとつきあっていた頃のことが光の速さで頭の中に次々と浮かぶ。喧嘩別れをしたわけでもない、少なくとも音生にとっては寝耳に水な展開で失った彼女だ。その一点を除けば、思い出したくもないような記憶はない。

だが、その一点が、なんともなあ。

「まあまあ。呑《の》み」

半《なか》ば放心して、ちあきの料理風景をただ眺めていた音生の前に、缶ビールが置かれる。

「あ、サンキュ」

反射的に礼を言ったが、よく考えなくとも音生の冷蔵庫から取り出してきた、音生が買い置きしているビールである。ちあきがしたことといったら、冷蔵庫からここまで運んできただけ。

「じゃ、あたしたちの感動的な再会を祝して、かんぱーい」

どこが感動的や。一方的に上がりこんで、あれよあれよという間に、キッチン汚《よご》しやがって。

忘れていたが、ちあきの気まぐれな手料理が完成した後、壊滅状態《かいめつ》にあるキッチンを片づけるのは、いつも音生の役目だった。ひと口ビールを呑んでから、音生は腰を上げ、今日も今日とて出しっぱなしの包丁を洗い、あちこちに散らばった芋《いも》の皮や、マロニーの袋を片づけた。

「あー、ネオちゃんがお片づけしてんの見るのん、ほんまひさびさやわー」

すっかりくつろいだ様子で缶ビールを傾けている元カノの前に、おもむろに腰を下ろした。

「お疲れー」

「お疲れ、やないわ」

にこりともせず、ちあきを見つめる。

「な、なに」

「で、今の男とは、なんで揉《も》めたんや」

「……」

お気楽そうだった表情に、僅《わず》かに気まずげな色が浮かぶ。

それでも、「えー」と不満そうに口を突き出したが、音生が真顔を解かないのにあきらめたか、

「浮気されてん」

ほぼ予想通りの答えを言った。

「ていうか、八股？」

「はちまた？」

やちまた、っていう市が、そういえば千葉のどっかにあったなーとよけいなことが浮かんだ。

「って、おまえの他に七人の女が？」

「ねえ。男は外に出たら、七人の敵がおるっていうけど」

「七人どころか八人も彼女おったら、ほぼ敵と変わらんみたいなことになるな。油断できんわ」

「うまい！　って、マジ信じられへんくない？　同時に八人て。お前はアラブの王様か」

「……顔で選ぶからや。ちょっとルックスのいい男や思《おも》て、ほいほいついていくからそういうことになるんや」

「ほんま、最低なヤツやった」

噛み合っているようで、実は会話が成立していない。音生が非難しているのはちあき自身なのだが、そのちあきはあくまで相手の男のせいにしようとしている。

「でも、あたし降りたから」

長い山ごもりから戻ってきた人みたいなことを言う。あるいは、浸《つ》かりすぎた温泉をようやく上がった後のよう。

いや、それはあなたは湯上がりでさっぱりしているかもしれませんけども。

「……七人の侍《さむらい》になったわけや」

「もう、ほんまうまいわ。座布団もう一枚！」

「そんで、なんで東京なんや。千葉やけど」

「熱も冷めたし、よう考えてみてん。そしたら、あたしはやっぱりネオちゃんがいちばん好きなんやってわかってん」

「そう言われても」

「なあ。顔ばっかりいくら良うてもしゃーないわ。男は中身や。内面が勝負なんや。やっとそれに気づいたん」

悪かったよ、中身でしか勝負のしようのない男で。

むっつりとしたまま、その言葉を聞く。

身勝手きまわりない話だが、昔からちあきはこうだ。いまさらべつに驚きもしない。思うがままに生きる自分のペースに、周りが合わせるものだと信じている。世に言う、「自分中心に地球は回っている」というあれだ。

「……けど、おまえあれやろ。つねに彼氏にはそばにいてもらわんかったら冷めるクチやろ。どうせ大阪に帰ったら、つねに俺はおらん状態になるんやから、いっしょやん」

八股をかけられていたと憤慨《ふんがい》する女が、二股をかけていた件はこのさい問わないでおく。

ちあきは、すると、二段重ねにしたつけ睫毛《まつげ》を、大きく瞬《しばた》かせた。

「うん。そやし、あたしもこっちに来ることにしたん」

「――は？」

「考えたら、簡単なことや。あたしOLちゃうし、こっちでまた仕事見つければいいだけやん。べつだん、東京でネオちゃんと暮らしていかれへんことないやんなあ」

今ごろそれに気づいたのか。乗り換えた男の背信を知るまでは、毛頭《もうとう》そんな考えはなかったくせに。

つっこむ言葉はいくらも思い浮かんだが、どうせこれもまた、いつものちあき流の気まぐれにすぎんのやろうと思うとわざわざ指摘するのもめんどくさい。渋谷《しぶや》やら表参道《おもてさんどう》やら、面白《おもしろ》げなスポットをひととおりめぐったら、飽《あ》きて帰阪するのは目に見えている。

「そんで。不動産屋にはもう行ったんか」

「は？」

「こっちで生活するんやったら、おまえもどっかに部屋借りなあかんやろ」

「なに言うてんのん？」

ちあきは、逆に驚いたふうに言う。

「そんなん、ここに住むのんにきまってるやん」

「――って」

同棲《どうせい》宣言ですか。実はちあきに夢中だった時分に、たびたび考えなかったわけではない。

が、その都度《つど》妨《さまた》げとなったのは――。

「実家の親には言うたんか。おとんは？　それはええことやから、東京で葉室《はむろ》くんと暮らしなさいとでも言うたか？」

ちあきはみるみる、気まずげな表情になる。

「俺は厭やで。またおまえん家の庭《ち》で、おとんからバックドロップかけられんのは」

ちあきの父親は、格闘家《かくとうか》なのだ。

もとい、警察官である。心斎橋署《しんさいばししょ》、捜査一課長。

そんな親父から、どうしてこれほど軽はずみな娘が生まれ出《い》でたのかはわからない。人類にはまだ、解明されていない深淵《しんえん》がいろいろある。

「親はぁ、せやから後でちゃんと話するから」

「後から話して、納得するような親か」

「ちょっと、なんやのんあんた。ひとの親に、そんな言いぐさ」

「あたりまえな言いぐさやろ。初めて会った彼女のおとんに、いきなり庭に投げ飛ばされるとはゆめゆめ思わんかったわ」

遅くなったから送っていく、を口実に、とりあえず挨拶《あいさつ》をと思ったのだ。

年頃の娘に、男の一人もいないはずはない、という考え方をするような親などほんのひと握《にぎ》りで、それが男親ともなれば十中八九《じっちゅうはっく》、はなからいないものと決めつけている。

ちあきの父は、そういうのうちでも最も勘違いの甚《はなは》だしいおとんだった。少なくとも、今まで、ちあき以外の彼女の父親から、初対面でプロレス技をかけられたことはない。

「おまえのあのおとんは、孫ができたと知らされるまで、娘はバージンやと信じてるようなタイプやわ。おらんわ、そんなオヤジ」

女きょうだいがいないせいもあり、そういった父親の心の機微《きび》は音生にはわからない。

「それは……」

ちあきは鉾《ほこ》をおさめ、言葉をにごす。劣勢《れっせい》になると言葉数が減る女だ。

「なんなんよ、もう。ネオちゃんてば、イケズばっかし！」

と思ったら、急にクッションを投げつけてくる。

「わ、やめい」

立ち上がりざま音生のそばに落ちたクッションをすばやく拾い、そのままぽすぽす凶器攻撃。

痛くはないが、缶を持ったままである。

手探りでテーブルに置き、反撃に出ようとしたところで、ふたたび呼び鈴が鳴った。

はっと動きを止め、二人同時に玄関のほうを見やる。

「誰よ？」

「……わかるわけないやろ」

超能力者やないんやから、とつっこみ、音生はドアに手をかけた。

ドアスコープで確認するべきだったと悔《く》やんだのは、開けてしまった後である。

「こんにちは」

夏らしい清楚《せいそ》なワンピースに身を包んだ由里奈《ゆりな》が、微笑《ほほえ》んで立っていた。

「あー……」

音生はそれきり、絶句する。こんにちはと言われて、こんにちはと返すほどまぬけな男じゃないつもりだったのに、

「こ、こんにちは」

と、世界一のまぬけっぷりを披露《ひろう》してしまった。

「突然お邪魔して、ごめんなさい。あの……親戚《しんせき》の法事があったので、ついでに。あ、ついでなんて言っちゃ失礼ですけど……」

遠慮《えんりょ》しいしい言うのを聞いて、そういえば、前に住所を訊《き》かれたことを思い出した。

「それで、さしでがましいとは思ったんですけど、朝、ちょっと作ってみたので……」

なおもいいわけするみたいな口調が、ふと止まった。

由里奈の目は、三和土のある一点に注がれている。視線を追うまでもなく、そこには派手なミュールが一足揃《そろ》えられている。

「……お客さまでした?」

形のいい眉《まゆ》がくもる。

「ネオちゃん、誰やのん?」

視線がたちまち上がって、由里奈はやや目を瞠《みは》り、ちあきを見ている。

振り返って確認こそしなかったが、おそらくちあきも由里奈を凝視《ぎょうし》していたはずだ。

「あ、店でいっしょの、片岡《かたおか》さん」

「なんや、バイトの子か」

「契約社員の片岡です」

機械的に言い、由里奈は軽く低頭する。

「けーやくしゃいんいうたって、ほぼバイトといっしょやんなあ」

こういう時のちあきに、悪気がないのはわかっている。思ったことをそのまま口にせずにはいられないだけで、由里奈を挑発する気があるわけではない。

が、それをどう受け取るかは、言われた相手の勝手である。現に、ふたたび上げた視線は、鉄のような堅《かた》さを帯びていた。

「上がったら？」

言ったのは、音生ではなくちあきだ。

「汚《きたな》いところやし、なんにもないけどビールぐらい出すで」

「おまえなあ」

思わず、いつものノリでたしなめてしまった。からからとちあきは笑って、踵《きびす》を返す。おい、引っかき回すだけ引っかき回して退場かい。やりっぱなしか。

由里奈が、すがるような目で見ている。

「――どうぞ」

なんか最近、そう言うしかないなというセリフばかり吐《は》かされている気がする……いや自発的に口にしている以上、「させられている」なんて被害者意識を持つのは間違っているだろうが。

リビングに入りかけた由里奈は、なにか気づいたふうに眉根をきゅっと寄せた。形よく尖《とが》った鼻先が、ひくひく動く。

「……なにか焦《こ》げてません？」

その言葉が終わるか終わらないかのうちに、「しもたあああっ」と叫びながらちあきが脇をすっ飛んでいった。

そういえば、醬油《しょうゆ》の焦げたような匂いがしている。換気扇《かんきせん》が、ゴーっと唸《うな》りを上げた。「標準」から「強」へモードチェンジしたらしい。

「おい、だいじょうぶか」

心配になって、後ろから鍋を覗きこむ。

「うーん……あ、焦げたゆうても底のほうだけ、ちょっとや」

そのわりには、菜箸《さいばし》を芋と鍋の底に押しこむのに苦労していたが、ちあきがそう報告した。

「肉じゃがは、ちょい焦げ目ついたかげんぐらいのほうがおいしいやろ？」

そんな意見は聞いたことがない。同意を求められても困るのだが、

「まあ、ええけど……」

「あのう」

振り返ると、由里奈は困ったような、怒ったような顔で立っている。手に提げた紙袋を、ちょっと持ち上げるようにした。

「私も作ってきたんですけど……肉じゃが」

えっと音生は反復した。そういや、なにか作ったと言っていた。だが、なぜ誰も彼もが揃《そろ》って肉じゃが？

そんな疑問に応じるかのように、

「あー、わかるわ。男をオトす手料理のナンバーワンって、肉じゃがやんねえ」

ちあきが、のんびりと言う。

「アホか。なに厭味言うてんねん。そんなんは、おまえだけやろ」

「え？ べつに厭味やないよ？ あたしかて、ネオちゃんオトすのに使った手やし。肉じゃが」

――こんな感じで、べつに悪意はない奴《やつ》なんですよ……祈りつつ見やったが、由里奈の表情は硬いままだ。

「ごめんなさい。店長があんまり、おいしそうに召《め》し上《あ》がるものだから、きっとお好きなんだろうなと思って……」

「なになに、ネオちゃん既に、彼女の手料理味わい済みなん？」

「そんなんと違うって……あ、いや、ど、どうぞ。坐《すわ》って、片岡さん」

音生の希望としては、「いえ。私はいいです。お邪魔しました」などと言って退《しりぞ》いてくれることだったのだが、そんな、小狡《こずる》い男の期待通りには運ばない。

「ビール持ってくるねー」

「……あの、もしかして、彼女さんですか？」

ローテーブルの前に腰を下ろした由里奈が、冷蔵庫のドアを開けているちあきを目で指した。

「や、そんなこともあったけど――」

「彼女やよー？　まあ、元やけどね」

戻ってきたちあきが、いたって陽気に名乗った。

「ちあきです、よろしくー」

「元カノ……」

「ネオちゃんが東京行くし別れたんやけど、でもやっぱりネオちゃんが好きやから、追いかけてきたん」

って、そんな説明じゃ、俺がまるで遠恋が厭で彼女をうち捨てたみたいやんか！

心の中で絶叫したが、遅い。由里奈が、咎《とが》める目をこちらに向けている。

実情はまったく逆やのに……が、いくらあんなふられ方をした相手だろうと、元カノを他人の前で悪《あ》し様《ざま》に言うのはさすがにはばかられる。

「……そうですか。じゃあ、お二人はこれからよりをもど――」

さらにややこしい状況になりかかることうけあいのセリフを由里奈が口にした時、今度はベランダに続く窓ががらりと開いた。

「こんにちはー、葉室くん、暇《ひま》なら呑も……あれ」

両手にひとつずつ、ビールの半ダースケースを提げた明通寺が、そこに立っている。

ちあきの目が、その瞬間きらっと光ったのを音生は見た。

――もう、なんやねん！　このカオスな展開は。

もしかすると、牡牛座《おうしざ》にとっては最悪な日なのだろうか。


で、不要なものがありすぎるせいで、四人も入ればぎちぎちになってしまうリビングで、四人でテーブルを囲んでいる。

「うん、旨い。旨いねこの肉じゃが」

事情をまったく理解していない明通寺が、のんきに言った。

互いに初対面の三人が、自己紹介をした後だ――ちあきはちゃっかり、「ネオちゃんの元カノのちあきです。東京へは、遊びにきました」と軌道《きどう》修正しているからなんというか。

「へえ。元カノさんとも仲いいんだね」と、明通寺に変に感心され、音生は立つ瀬がない。

YEBISU

しかし、さっきみたいに「よりを戻そうと思ってるんだ?」などと訊かれないだけまだましか。同じ質問を受けても、今ならちあきは「まっさかー」と全否定しそうだし。

「ミョーツージさあん、ちあきの肉じゃがも食べて下さいよお」

テーブルの上には、深皿が二つ。それぞれに、ちあきと由里奈、二人による肉じゃがが盛られている。

「え、これって二人が別々に作ったの?」

明通寺は、初めて気がついたふうだ。多すぎる肉じゃがに対し、特に不審もおぼえていなかったということか。これで案外、鈍《にぶ》いのか。

「そりゃそうでしょ。あたしのはほら、春雨やなくてマロニーなんです」

「はは。どう違うのか、よくわからないけどね」

「うわ、ネオちゃんなんで突然、標準語? ドラマみたいな喋り方やめてや。キモいわ」

箸でマロニーを摘《つま》み上《あ》げたちあきがつっこんだ。

由里奈の肩が、ぴくりと動く。

音生に気軽につっこむちあきか、標準語——由里奈にとってはお国言葉——をキモいと貶《けな》されたことに対しての怒りなのか、わからないところがいっそう怖い。

「えっ、そうかな。そんなにドラマみたいかな」

応じたのは明通寺だ。ちあきが巧妙《こうみょう》に探り出した、焦げていない部分だけの肉じゃがを受け取り、きょとんとしている。

「いや、ミョーツージさんみたいな、明日からドラマに出ても違和感ないイケメンやったらいいですけどお、ネオちゃんはほら、一般人丸出しなルックスやないですかー」

「悪かったわ、一般人丸出しで」

迷ったあげく、音生は関西弁に戻した。とりあえず、ちあきにつっこむ時だけは関西弁にしようと思いつつ。

「店長は、素敵な人だと思いますけど」

由里奈が冷水を浴びせるように言う。

「うん？　そらネオちゃんはいい男や。元カノが言うんやから、保証書つきやでー」

だがちあきには通じなかったようだ。その上、かえって挑発するような物言い。

意図していないとはいえ、これはまずい。

と思ったら、由里奈がとん、とビールをテーブルに置いた。

「私、無神経な人って大っ嫌い」

おいおい、それじゃこないだの依辺《よりべ》さんや。

あの後に続いた、全員が石化したような一場面を思い返せば、腹を括《くく》るしかないところだったが、

「うんうん、空気を読まない奴ってのは、しょうがないよね」

意外にも明通寺が同意して、ちあきをむっとさせる。

「イケメンって、自分がもてるの知ってるからか、無神経な男が多いよねえ」

って、大好物にまで喧嘩売る気なんか……この無礼者のキャラだけは把握《はあく》しているつもりだったが、そうでもなかったらしい。

「そんなこと言うて、明通寺さんに嫌われるぞ？」

しかたなく、音生はここは元カノに泥《どろ》をかぶってもらうことにした。

「べつに、明通寺さんが無神経やなんて、言うてへんもん」

微妙に、「明通寺さん」と発音する時のニュアンスが変わった。

「たいしてイケメンでもないしね」

その顔で言われてもと思うのだが、明通寺はべつだん自虐《じぎゃく》しているようでもない。

「えー、マジでそう思ってるんですかあ？　ほんとのイケメンて、自覚ないもんなんですねえ
ミョーツージさん」

おまえもおまえや、ころころ態度変えんなや。音生は横目にちあきを睨む。

すると正面から、

「節操のない女にも、本人にはその自覚ってあんまりないような気がします」

由里奈だ。知らなかったけど、きみは、言おうと思えばいくらでもトゲのある発言のできる子やったんやなあという感想が出てくる。そもそも、なんの前フリもなく男の家に押しかけて

くるところからして、店だけで知っていた彼女像からはかけ離れている。

その行動力たるや、ちあきとタメを張るかもしれない……。

「そうそう。ちょっとかわいいと思て、自分はなに言うても赦《ゆる》されるとか調子に乗ってるやんなあ、そういう女」

そして、元カノはというと、誰彼かまわず毒をまき散らすという、この状況。

明通寺さんは、これをどう思ってんねんやろ……微妙に火花を散らす女二人から視線を外し、音生は斜《なな》め向かいに坐った明通寺を窺《うかが》う。

休日に、気のおけない隣人と一杯やるつもりで出向いたのが、なぜか焦げかけた肉じゃがを食わされているという明通寺こそが、この中で最も迷惑を被《こうむ》っているかもと思える。情けない。

「どうですかあ、ミョーツージさん？　ちあきの肉じゃが」

しかも、優劣比較《ゆうれつ》をここで決しろと迫《せま》られている。

「そうだね……、独創的？」

「え、どこが」

「たとえば、このグリーンピースとか……」

「あれ、ミョーツージさん、グリーンピースだめなんですか？　ネオちゃんが好きやから、たっぷり入れてしもたわ。そうとは知らず、すみませんまさおー」

「……くだらない」

由里奈がつぶやいたような気がするのだが、気のせいだろう。いやもう、絶対気のせいやから。

「そりゃ、ネオちゃん以外に食べさせようと思って作ったわけじゃないんだから当然だよ」

明通寺が、腹立ちを抑《おさ》えて……かどうかは知らないが——ごく冷静な受け答えをしているのも気の毒だ。

次いで、由里奈に視線を向けると、

「片岡さんも。どうもすみません、お邪魔しちゃって」

にっこりする……いや、そうわかるのは音生だけで、由里奈にとってはくだんの悪魔の微笑みに見えたかもしれない。ちょっとぎくりとしたように背筋を強張《こわば》らせると、「いえ」と返した。

うわ、片岡さんのことまで誤解されてるわ。

音生は狼狽《うろた》えた。いろんなことに焦《あせ》ったけれど、これがいちばんキツい。

思い、そんな己の心の動きに我ながら驚いた。

なんや、いろいろありすぎた中で、俺が心配してるのって結局それなんか——二人の女を手玉にとって、惑わせている、と明通寺に思われること。

いや、それは違うしと弁明したい。ちあきが明通寺に目移りしたり、由里奈がへそを曲げているのなんてどうでもよくて、俺の気持ちはどっちにもありませんと全力で否定したい。石川《いしかわ》遼《りょう》の、予選下位からの猛チャージみたいな勢いで否定したい。

——そんなふうに思っている自分のこの気持ちって、なんなんやろう。

なによりもまず、その心理がいちばんカオスだった。


「おはようございます」の挨拶《あいさつ》が、開店前のフロアのあちこちで交わされている。

「おはようございます、店長」

ラックの間を抜けていきながら、音生は、投げかけられる同じ言葉にうなずきを返していた。

歯抜けになっている箇所はないか、場違いな箇所に紛《まぎ》れこんでいる商品はないか。業務が始まる前の、ざっくりとした点検だが、開店した後で客に指摘されることがいちばんの恥《はじ》である。ざっと目を通しつつも、細かいところに注意できるようでないと、店舗《てんぽ》を一つ任されていると胸を張ることはできない。

「おはようございます」

馴染んだ声がして、由里奈が立っていた。

「あ、ああ。おはよう、片岡さん」

振り向いた姿勢のまま、ぎこちなく応《こた》える。

音生が意識しているほど、片岡のほうではもう気にしてもいないのか、そっけないともいえ

るほどの涼しさで、

「今日も一日、がんばります！」

すぐに背中を翻《ひるがえ》し決意表明をしている。

……まあ、それならそれに越したことはありませんけども。

一瞬拍子抜けした音生だったが、素早く気分を切り替えた。仕事以外のことは、少なくとも店には持ちこまない。

自身でも、何度となく垂《た》れたはずの訓示だったが、そういう当人が守れているかというとそうでもないって、やっぱりかっこ悪いよなあ……。

いわば自分に喝《かつ》を入れたようなものだったが、休憩《きゅうけい》に入る段になって、由里奈のほうから持ちかけられた。

「元カノさんは、もう大阪にお帰りですか」

引き上げた、バックヤードで不意打ちみたいに向けられた問いだった。

「え？　ああ、いや……」

いいわけなら簡単や、と考えていたのは甘かったと知る。

しどろもどろになりつつも、

「……まだいるけど」

本当のところを返すしかない。

由里奈の眉が、きゅっと寄るのを見れば、ああ、俺って優柔不断なんやなあと思わざるを得ない。

「そうですか」

由里奈はまた、能面みたいな顔になった。

急激に機嫌を損ねたと、あからさまにわかる表情だ。だって、俺にどうせいって言うねん！

みたいな逆ギレは、やっぱり見苦しいとしか言えんねんやろうな、と思う。

「優しいんですよね、店長は」

なるべくなら放置してほしかったのだが、由里奈はエプロンを外しながらそっけなく言う。

「えっ」

「実は、思いっきり迷惑なのに、なんでもありませんからって顔してる」

……それは、ちあきに対してなのか、音生自身がそう感じさせているということなのか。

探り出す前に、由里奈がもう背中を見せている。

おい、と呼び止めるには、いささか頑《かたく》なな、その後ろ姿。

「まあ、いろいろありますよね、人生は」

はっとして振り返ると、電卓を手にした依辺がこちらを見ていた。

うわ、聞かれてた。今の。

だが依辺の視線には、さほど責める色はなく、むしろどこか同情的だ。

──店で、なんらかの風聞《ふうぶん》が広まりつつある……？

その後手洗いに向かい、個室におさまってよく考えた。

いやまさか。すぐに自らの、その悪い予想を打ち消した。流布《るふ》するとすれば発信元は片岡の他にはいないのだが、そんなことを吹きまくるような女ではない。

音生の部屋で、隣人と元カノと現・モーションをかけてくる女が鉢合《はちあ》わせしたのは、一昨日《おととい》のことだ。

昨日は由里奈が非番だったため、己のダメっぷりをこうして思い知らされることはなかったけれど、それは文字通り当事者にして証言者がいなかっただけのこと。一日おいて、由里奈が出勤してくればこうである。

いやたしかに、俺が情けないのは事実ですけども……。

ちあきと由里奈。どちらかと、この先つきあうようなことがあるのだろうか──ちあきに関しては、よりを戻す方向で。

ありえん。

出てきたのは、そんなシンプルな結論。遠距離じゃ無理、と言って自分から離れていった女に、今さら情など戻せるか。

が、あの日以来ずっと、ちあきが音生の部屋に居座っているのもまた、事実。

なにを虫のいいことを、と思っている。

逃がした魚は大きかったやなんて、今になって寄ってこられたって、誰が釣《つ》り上《あ》げられるか。とか、いくら反撥《はんぱつ》したところで、それは結局、自分の中だけで起きている動きなのである。ひとたび誤解を受けたら、もっとはっきり目に見える形で弁明しなければそれきりになる。

だが、由里奈に対しへいこらいいわけをしている己の姿は、どうも想像できない。

代わりに、明通寺に愚痴《ぐち》っている場面がするっと浮上してきた——いやもう、大変なんすからマジで。元カノと、いまさらよりを戻す気なんてありませんし、いくら美人がモーションかけてきてるからって、やっぱり実家住まいの東京っ子っていうのはちょっと。

そこまで考え、由里奈をシャットアウトするのは、ほんとうにそこだけが理由なんかと思う。ここが大阪だったら、というのは前にも考えた。そしたら、由里奈を拒《こば》む、どんな方便もない。ありがたくいただくだけだ。

たとえいざとなったら裏切るような家つき娘であっても、ぐらりとなりかけた場面はあった。もう、どうでもいいからとりあえず据《す》え膳《ぜん》はいただいておこうと揺れる気持ちが。

引き戻したのは——。

はっとする。それは、明通寺の顔がなぜか要所要所で浮かんだせいだったと。

おいおい待て。

結論を急ごうとするのを、もう一人の音生が押しとどめる。それは、ほんとうに明通寺なのか。あの人が心のどこかを占めているから、新しい恋を拾う気持ちになれなかったのか。

そんなのは、おかしい。男が男に抱く感情として、間違っている。

が、目を閉じれば、由里奈よりちあきより、真っ先に明通寺の顔が浮かんできて、音生はあわてる。

いや、あの二人より頻繁《ひんぱん》に見てるからや。あの顔に、馴れすぎてるせいや。

東京に来て、真っ先に親しくなった人。

そういう相手だから、親密さと愛着とを、恋情と勘違いしているだけなのではないか。

だが、そう思うそばから再生されてくるのが、すべて明通寺の画像。

いやいやいや。俺はそんな、ホモやないで。

まだまだ、女とどうにかなる気まんまんやで。

なぜだろう、そんな決意表明が、ただの強がりにしか思えない。

なにより、明通寺の、あのひとの悪そうな笑顔、意外に気さくな一面、いっしょにいて、話していて愉しいという実感――。

まずい。

最後にはそう思った。女性不信に陥《おちい》るあまり、男のほうがいいかもとか思いはじめてるで俺。

それはまったく、気の迷いと思えるのだが。

そんな男は、普通いないと打ち消したいのだったが。

いま失いたくない絆《きずな》は、と思えば明通寺の顔しか出てこない。

あとの二人には——一方とはそんな絆も切れ、残るほうにはそもそも、そんなものを共に築いた思い出がない。

迷宮をぐるぐる彷徨《さまよ》ったあげく、やばいところに出てしまったみたいや。

いくら暢気《のんき》な男でも、そのくらいは自覚した。

6

だが、「好きになっていたらしい」だけでは、どうにもならない。

相手がそもそも、そんな意図を持って自分に接しているかはわからないのだし。

ちょっとした一時の気の迷いで、まともになって考えれば、どっちかの女を選ぶ結論が出る。

急いで考えなくたって、聡《さと》く思慮《しりょ》をめぐらせれば、正しいほうへといずれ出る。今の自分は、
かたつむりの殻《から》みたいに渦巻《うずま》く複雑なぐるぐるのすべり台を降りている最中みたいなもので、
出口から踏み出してみれば、いつもの景色に出会えるはず。

自覚したとはいえ、音生《ねお》は半信半疑だった。そんなのは、まったくイレギュラーな状態で、
心を落ち着ければ本来ある道にまた軌道《きどう》修正される――。

「ネオちゃーん。いいかげん起きんと遅刻するでー」

懐かしい気のする大阪弁が、混沌《こんとん》とする心象風景を断ち切った。

音生は目を開ける。見馴れたリビングの天井《てんじょう》が、目に入る。

ああ、と思った。夢か。

いや、夢というには妙にファンタジー性に欠ける。どうしたらええんやろ、とひたすら考えているだけの心象風景。

とにかく、今の状態をいいかげん整理して、すっきりさせろと急《せ》かすかのようだ。

それとも、あれが今の自分の、偽《いつわ》らざる本音というやつなのか。

目の前には、フライ返しを手にした、嬉しそうなちあきの顔がある。

起きあがると、油の匂《にお》いがぷんと鼻を衝《つ》いた。ああ、そういやこいつは朝飯は洋食派やったなあと思い出す。目玉焼きにトーストにコーヒー。二十歳《はたち》を過ぎるまで、音生は紅茶しか受けつけなかったのが、ちあきとつきあってからは朝のコーヒーも悪くないと思うようになった。

それが、こっちに来て以降、また昔通りに朝はみそ汁一択《いったく》の生活である。なんで朝の忙しい時に、わざわざだしを取るようなことからせなあかんのん？　彼女は言った。ほっとけ、そんなん俺の勝手や、と俺は答えた——。

「朝はやっぱり、コーヒーやなあ」

いつのまにか——まだ三日目だが——しまっておいたコーヒーメーカーを発掘《はっくつ》して、豆は近くのコンビニででも調達したのか。

だが握《にぎ》らされるままマグカップを手にして、起き抜けのぼうっとした頭蓋《ずがい》にカフェインを送りこんでいる自分。

音生が勤務している間、ちあきは毎日渋谷《しぶや》に通っているらしい。マルキューで、優雅にお買い物三昧《ざんまい》。得体の知れない紙袋が、ただでさえ手狭《てぜま》なリビングに積まれてゆく。

例の、一枚しかない合鍵《あいかぎ》のカードキーも、自動的にちあきのもの。

このまま、とりこまれるんかなあ。

コーヒーを啜《すす》りながら考えた。初日こそ、想定外のイケメンの闖入《ちんにゅう》に心を動かされたとはいえ、ちあきの目的は最初から音生とよりを戻すことであったらしい。

ふらふら危なっかしい女だが、これと決めたことはやり通す。そういう女でもあった。だからこそ、音生の転勤が決まった瞬間、気持ちを翻《ひるがえ》すことができた。というか、そもそも二股《ふたまた》だったのだ。めんどくさそうな片方を、即行で切ったといったほうがいいか。

それが、こうだ。選んだいっぽうがハズレと知って、たちどころに態度をまた変える。どんだけゲンキンやねん……だが、その身勝手な女のいいように、今のところ運ばれている自分。

だいたい、なんでこいつのことが好きやったんや。

顔はかわいい。身体も――たいていの男は、ガリガリのモデル体型よりもふっくらしてる程度のほうが好きだ。いや、男によってはぽっちゃり型しか受けつけん。なんで女は、そこまでダイエットに血道《ちみち》を上げるんや。

……いや、そんなことは今関係ない。

問題は、じりじり陣地を回復しようとしつつあるちあきと、それをなすすべもなく受け入れている自分にある。

明通寺《みょうつうじ》を好きかもしれない、という衝撃の事実に気づいて三日。

音生にしてみれば、ほどほどの大きさのハンマーで後頭部を殴《なぐ》られたようなショックだった。とにかく、二十六年の人生で、俺はホモかもなどとちらとでも頭を掠《かす》めたようなことは一度もない。

それが、ちあきか由里奈《ゆりな》かという選択肢《し》に、むりむりと割りこむ、明通寺の面影《おもかげ》。アホすぎる。よく考えてみなくたってわかる。たとえ俺がそうだったとしても、あの人まで同じ気持ちなはず、ないやん。

つまりは不毛の荒野である。踏みこんでみたところで、草一本生えてはいない状態……ここからなにかを耕せというほうが、無理。

摑《つか》めるとするなら、世の中そうそう甘くないという、現実くらい。

だから、どうでもよりを戻そうとする彼女の強引戦法にやられそうになってるんかな。

考え、いやいやいやと思い直した。そんななし崩《くず》し的な展開で、一度手放した恋愛感情を取り戻すなんて、まぬけすぎるぞ。

だが、流されまいという意思があるということは、実はそれほどちあきの再開拓事業に乗り気じゃない表れなのか。そうだ、そうに違いない。

ぼんやりとだが、明確な方向性が見えたところに、チンと音がした。

オーブンレンジの合図だ。ちあきがいそいそと立ち上がり、トーストを取り出しにいく。

「おはようございますー」

そこへ、割りこむ声。

いや、今の場合救いの手なのか。

「み、明通寺さん……」

「あっ、おっはようございまぁす、ミョーツージさーん」

たちまちにして態度を変えたちあきが、いそいそとベランダの窓に駆け寄る。途中で、思い出したように音生の皿にトーストを落としていった。

——やっぱり出ていってもらおう。可及的《かきゅうてき》速やかに。

「あれ、明通寺さん、今日は仕事じゃないんですか」

窓から入ってきた明通寺は、いつものゆるゆるな自宅ファッションである。ぼさぼさの髪。

「うん。こないだ日曜に出勤したんでね。代休」

「どうぞどうぞ。あ、朝ご飯まだです？　よければご一緒に……」

ローテーブルの前にぺたんと坐《すわ》り、ちあきは上目遣《うわめづか》い。今さら言うのもなんだが、よりを戻そうとしている彼氏の前で、よく他の男をそんな目つきで見られるものだ。

「ありがとう。いただくよ」

ちあきは、お花畑でれんげを編んでいる少女よろしい夢見がちな表情で、立ち上がった。

よくやるよと思うが、いちばんの問題は、元カノといえども他人に関心を払われるのが腹立たしい、とは思っていないこの気持ちだろう。

むしろ、べたべたすんなや明通寺さんに、などと考えている。そんな己《おのれ》の思考回路に唖然《あぜん》とする。すると、俺はマジなのか。本気でこの人を。

そっと窺《うかが》う。物憂《ものう》げな横顔。眼鏡《めがね》を外し、目をこする。無造作な前髪、口角の上がった唇。

ふいに、その顔がこちらを向いた。

はっとして、音生は内心身構える。

明通寺が、なにか言いたげに口を開いた時、

「お待たせー。コーヒーと目玉焼きですう。トーストは少しお待ち下さい」

ハートマークを無駄に振りまきながら、ちあきが闖入してきた。

「——ありがとう。すみませんね、せっかく水入らずのところを」

「「とんでもない！」」

二人同時に、叫んだ。

言った後、互いに目を見合わせる。ちあきはやや、ばつの悪そうな顔でそっぽを向いた。ちうことは、今の「とんでもない」は本音やな。彼氏と鋭意関係修復中であっても、イケメン、ウェルカム。

まあ、そういう女ではある。明通寺に視線を移すと、やや驚いたていで目を瞠《みは》っている。

「そ、そんなに俺に気を遣ってくれなくていいから」

と、そういう解釈《かいしゃく》をしたようだ。とんでもない、とまた思ったけど黙っていた。チンと音がして、ちあきが気まずさを振り払うようにそそくさ立ち上がっていく。

「――全然、気なんか遣ってないですよ」

その小休止を利用して、囁《ささや》いた。

「え、でも、彼女とやり直すんだろう?」

「まさか……あの態度見て、俺にそんなに執着《しゅうちゃく》してるように見えます?」

「……」

物憂《ものう》げだった眸《ひとみ》に、波立つような光が射してくる。

なんとなくはっとして、音生がその光を覗《のぞ》きこもうとすると、すっと視線を落とした。

「でも」

と言う。

「ちあきちゃんが来てから、葉室《はむろ》くん微妙に関西弁になってるよ?」

責められているような、と感じるのは被害妄想《もうそう》なのだろうか。

「そりゃそうですよお。ネオちゃん実際、骨の髄《ずい》まで関西人ですもん。なんよ、東京に来たら急に東京弁使い出すとか、順応しすぎ――」

トーストの皿を持って、ちあきがもう戻ってきた。

「けど、広島弁わからんから直せって、おまえはいつも言うたやんか」

「イナゲ」が共通語ではないと知った時の地方出身者の衝撃が、都会の人間に理解できるか。

「だからって、なんも東京やからって東京の言葉にせんでもいいやん。それとも、大阪弁はひくから直してとか、誰かに言われたん？」

ちあきの目が、剣呑《けんのん》な色を帯びた。

「――べつに」

ちらと明通寺を見ると、我関せずという表情でトーストをかじっている。

「ねえねえ、ミョーツージさんは、彼女おられるんですかあ？」

ちあきが、そのやや伏し目《ふしめ》になった顔に問う。

視線を上げた。

「いや」

簡単に答える。

どことなく冷たい顔に、音生はまずいと直感した。

「えっ、フリーなんですかあ？　うわあん、もったいないー」

だがちあきには伝わらなかったのか、両手で頬を包みこんでぶりっ子のポーズ。

「そのまま、じゃああたしなんかどうですー？　とでも言いたいんか」

ますます明通寺の表情が硬くなってゆく気がして、つっこみつつはらはらする。

「いやん。ていうか、あたしはネオちゃんが好きやしー」

って、ここまで明通寺にモーションをかけておいて、まだその言い分に説得力があると思っているのだろうか。わからん女や。

「だろうね」

明通寺は、しかし、それを聞いてふっと口許《くちもと》を緩《ゆる》める。

悪魔じみた笑みではないものの、好意的なものも感じさせる顔ではなかった。なにか気に障《さわ》ったのだろうかと、音生は気を揉《も》む。

「なんだかんだ言って、ちあきちゃんは葉室くんが大好きなんだろうなって、見てればわかる」

え、とその顔を見つめた。なにを言う、なにを。これまでのなりゆきのどこに、そんな要素がある。

「ですよねー。それがこの男ときたら、ちょっと一ヶ月会ってないだけでこの他人行儀な態度。ほんま薄情や」

「おい、ちあ――」

「だね」

明通寺は、窓のほうに目を向けたまま言う。

「そう思うよ。情があるんなら、ダメなものはダメだって、ばっさり斬《き》ってやるのも男らしさだよな」

「――へ?」

思わずまた、ちあきと二人、顔を見合わせる。

「って、それどういう意味です」

ちあきは抗議するが、音生は冗談めかしてですらその真意を問えない。

自分の、男としての狡《ずる》さを、ずばり言い当てられたように感じた。

よりを戻す気もないくせに、ずるずるちあきを居坐らせている、その優柔不断さ、意気地《いくじ》のなさ。とうに切れた女にであっても、悪く思われたくないという姑息《こそく》な考え。

「――なんてね。言ってみたりして」

へんな間の後、明通寺はにっと歯を見せた。悪魔の笑顔、ということは、冗談だったということか？

「なんや、冗談かいな。ミョーツージさん、男前やけど基本怖い顔やから、冗談が冗談に聞こえへんわー」

「お、おい、ちあき。顔のことなんかは、本人はどうしようもないことやろ」

どんな立ち位置だろうと、元カノである以上、無礼をたしなめるのは自分の役目だという気がするのだが、明通寺はそれすらもよけいなことだと言いたいのだろうか。そんな明通寺をちらちら窺《うかが》いつつ、ちあきを牽制《けんせい》している、自分の今のまぬけさが、却《かえ》って仇《あだ》になるのだと。

「だって、せっかくイケメンやのにもったいないやんー。ちょっと意識して表情を明るくするだけで、生まれ変わったような幸せがあなたを訪れます――」

「こら、調子に乗んなって」

「ていうか、ミョーツージさん、足どうかされたんですか？」

音生が絶句しているのを、

「ちあきちゃんは、無邪気だなあ」

言われた側では、音生が危惧《きぐ》したほど気を悪くしたふうでもない。

音生はちあきを睨《にら》むが、当人は明通寺に笑われて、まんざらでもなさそうに相好《そうごう》を崩《くず》した。

「無邪気な女って、好きですか？」

「おい、いいかげんにしろ。人には、訊《き》かれたくない事情やその他いろんなことがあるやろ」

だから、そう調子に乗んなと重ねて注意をする前に、明通寺が、

「いや」

とまた言った。

「女性には、興味がない」


小雨が降り出していた。

スーパーの前で鈍色《にびいろ》の空を見上げ、音生は持っていた傘《かさ》を開いた。

なんだかなあ。

いや梅雨《つゆ》やねんけど。わかってるけど。鬱陶《うっとう》しい日が続くのは毎年のことや。なのに、晴れ間が覗《のぞ》いたかと思えばまた崩《くず》れて、折り重なった雲の合間から針《はり》のような細かい雨が時々降る。

こんな季節は、嫌いや。

早くぐずぐずの梅雨空を蹴飛ばして、潔《いさぎよ》いほど容赦《ようしゃ》のないあの、真夏の太陽が現れてくれないものか。

自動ドアがごーっと開き、店内の冷気がいっときの涼しさを運んできた。

背中に、聞きおぼえのある足音――一歩進んで、ふうとため息をつくように床を擦《す》り、また一歩進む、独特のリズム。

はっとして振り返った。

「――明通寺さん」

「あれ。きみも、買い物？」

「ええ、まあ」

「……彼女は、一緒じゃないの」

「なんか、こっちにいる友だちと呑みに行く、とかで」

傍若無人《ぼうじゃくぶじん》なちあきに掻《か》き回《まわ》されて、微妙な空気を呼びこんでしまったのはつい今朝《けさ》のこと。

――いや、他人のせいにしたらあかんんか。

ちあきを媒介《ばいかい》せずとも、自分のあいまいさが明通寺を苛立《いらだ》たせる時は、遠からずやって来たのかもしれないし。

そして頭の中では、明通寺の爆弾発言がまたぐるぐる回り出す……本人の顔を見れば、厭《いや》でも蘇《よみがえ》ってきた。

女性には興味がない。

もちろん明通寺は、二人をどん引かせた後で、「なんてね」と落としたのだが。

同じオチを二回繰り返すなんて、大阪式のコテコテなギャグや。

だが、それを冗談ととっていないから、こんな重たい塊《かたまり》が胸につっかえているのだろう。

「そうか。寂しいね」

明通寺のほうには、特になにも引っ掛かってはいないのだろうか。冷やかすような笑みを向けられ、

「いやいや、そんな」

つい言ってしまったが、こんなリアクションもやっぱり、どっちつかずと思われるやろかという危惧《きぐ》を一方でおぼえる。

「じゃ、我々も一杯やっていきますか？」

明通寺は口角をきゅっと上げてこちらを見た。

特にわだかまりもない顔や。それを見上げながら思う。もやもやしてるんは、俺だけなんか。

「いいっすねー」

表面上音生も気軽に応じ、内心どうすんのやと焦《あせ》りながら、歩き出した明通寺を追う。

気まずいのなら、断わればいいだけのこと。

応じるということは、明通寺と話がしたい気持ちがやっぱりあるわけだ。

今朝の、あの一言が釣り針みたいに喉に引っかかっていて、もがけばもがくほど、複雑な方向に食いこんでくる。

開店まもない「海鮮問屋　越後屋《えちごや》」に、二人で入った。

テーブル席に案内される。いつもの、と自然に音生から注文の声が出る。

思ったほど、気まずさはない。アルバイトが威勢よく「ブドウ割り、リャン」と叫び、カウンターの向こうから負けないくらいの勢いで声が返ってきた。

いつもの光景だ。なんでもない。

ただ、気にしないでいられれば……だがそれが難しい。朝とまったく同じいでたちで目の前に坐る男を窺った。

思えば、彼は、まだいろいろな面で謎《なぞ》に包まれているのだった。

自分のほうばかりが、いろいろな過去の恥《はじ》を語らされているような気がする。聞き上手《じょうず》。

ひとの話を聞くほうが愉《たの》しい、という手合いもいることはいる。

明通寺の場合は、そういうのとは違うという気がしていた。特に相手の話を聞くのが好きなわけではなく、自分のことを語るのが嫌いなだけなのではないかという気が。

いつからか、そんな予測を胸に抱《いだ》いていた。

そういう人間には、十中八九《じっちゅうはっく》、秘密がある。

そういえば、どれほど呑もうが明通寺が正体をなくすような場面はついぞ、ない。

酔《よ》ったはずみで、つい本音を漏らしてしまうのを避けているのかもしれない。

そう思うこともあったが、でもそれが「女性には興味がない」という今朝の発言を指すのなら、酒の上での発言でもなく、「つい漏らしてしまった」には該当《がいとう》しない。

考えるほどに、わからなくなってくる。

「ちあきちゃんは、いつまでこっちにいるの」

イカの一夜干《ぼ》しを炙《あぶ》ったものや、焼きソラマメなど、すぐにできるつまみがテーブルに並んでゆく。

問われ、音生は「えっ」と返答に詰まった。

知らないと答えたら、またあの皮肉な顔でなにか言われるのだろうか。

ということが頭をよぎって、即答できない。

そんな自分は、やっぱり優柔不断な男、しょうもない奴《やつ》認定なんやろか、と危ぶむ気持ちがいっそう音生を追い詰めてゆくようだ。

「それは、神のみぞ知るってところか」

しかし明通寺は、音生を責めなかった。

口許に皮肉な笑みが浮かんだが、これはいつものことで、実際ばかにしているわけではなく、いわば地顔。

でもどうなんやろう、そう思いこもうとしてるだけじゃないのか。あたふたしている己にうんざりし、

「ばっさり斬り捨てられない男なんで」

開き直るように自虐《じぎゃく》してしまった。

「葉室くんは、優しいからなあ」

って、そういう問題なんやろか。てか、それこそが明通寺さんを苛つかせるもと？

「ダメなんですよ。なんか、あいつには弱いっていうか……いや、っていうかいろいろ奴が失礼なことを……」

「いや気にしてないから」

へいこらモードで謝りかけるのを、明通寺はするりと制止した。

「で、でも、その――足のこととか」

言ってから、うわっと頭を抱《かか》えたくなった。顔のことはともかく、という接頭語を忘れた――というか、足のほうは触らないでおくはずだったのだ。どうせいい話ではない。三十過ぎの男だ。たとえば、ちょうど一ヶ月前に負った怪我だとしても、そんな重傷であるからにはな

んらかの深い事情があるのだろうから。

「うん。わかってる」

一人、泡《あわ》を食っている音生を、どう捉《とら》えたものか。

明通寺は、薄い笑みを浮かべている。どこからくる笑いなのか。それもわからない。

「一ヶ月以上つきあってて、葉室くんは一度も訊かなかったからね。足のこと」

「俺は――」

「普通、真っ先に気になるだろうと思うけど……きみは、一度も訊《たず》ねなかった」

「いや……ていうか――」

なぜ訊ねなかったのか、と問われているのか。

あらためてそう言われると、穿《うが》ちすぎたせいだとしか答えられない。でもそれは、はたして美談なのかというと違う。なにかありそうだから、根掘り葉掘りして、軽薄な人間だと思われたくない、と、要するにそれは自分を守るためだけの「気遣い」にすぎない。

「……自分から触れないのは、なにか事情があるんだと思ったので」

結局、自らの卑小《ひしょう》さを暴露《ばくろ》することとなった。ああ、俺あかんなあとあらためて感じる。

しかも、惚《ほ》れてるかもしれない相手の前でだ。

「うん。そう思ってるんだろうなと思ってた」

しかも、見抜かれてるし……音生は上目《うわめ》に明通寺を見やる。

「けっこう正反対だね」

「なにが、ですか」

「ちあきちゃんは、傍若無人《ぼうじゃくぶじん》なまでに無邪気なノーガード戦法だけど、彼氏のきみはガチガチに守備を固めるタイプ？　やっぱり、お互い自分とぜんぜん違う性格だからこそ惹《ひ》かれるものがあるのかなって」

「いや、そこを現在進行形で語られても……」

困った音生は、そんな枝葉末節《しようまっせつ》につっこむことしかできない。たしかに、ちあきを好きになったのは、自分には決して吐《は》けない大胆《だいたん》発言を平気でばらまく、あの破壊的な能天気ぶりも一因だったろう。

「彼女は、だってバリバリ現在進行形のつもりじゃないか」

揶揄《からか》うように言われた。背中を、厭な汗が伝っていく。

「いやあんなのは……ていうか、次の男に行くまでのつなぎなんで、俺は」

「へえ？」

「……なんか、悪い男に引っかかったみたいで。でもあいつ、常に誰かいないとダメなタイプで、じゃあってなったら俺しかいなかったんだろうな、と」

「ばかにされてるんじゃない」

「いやまあ、そうなんですけど」

やたらと「いや」を連発しつつ、なにも否定していない自分に気づく。明通寺の、冷ややかな断じ方も気になった。

これじゃ、気持ちがよどむいっぽうで、ヘドロみたいに感情の岸辺にヤな感じが溜まっていくだけだ。

「……復縁とかは、ありえませんから」

そんなことを明通寺に宣言して、なんの意味があるのだろうと思いつつ言う。

「そうなんだ？」

意外そうに言い、それから「ふーん」とつぶやいた。笑いをかみ殺しているような顔にも見える。嗤《わら》われてあたりまえだとは思うが、やっぱり音生は憮然《ぶぜん》とする。

さらにつっこまれるかと思ったのだが、明通寺はそれきり質問を重ねない。

しばし黙って、ブドウ割りを呑んだり、肴《さかな》をつついたりした。

そうこうするうちに新客が入ってきて、テーブルやカウンターが埋《う》まってゆく。店の中に、炭火の煙《けむり》と香ばしい匂いがじんわりと広がって、話し声や笑い声がその間をゆらゆらと漂《ただよ》う、海の底で眺めている幻《まぼろし》みたいな時間帯がやってくる。

「……大学時代、アイスホッケーをやっていたんだ」

しばらく、そんな幻想的な光景の中に浸《ひた》った後、明通寺が口を開いた。

突然はじまった昔話に、音生はええ、とあいづちだけを打った。アイスホッケー。冬の烈《はげ》しいスポーツだと思ったとたん、なにかがからんと音をたてて外れた気がした。

「で、試合中に怪我を……？」

「鋭いなあ」

苦笑され、言ってはいけなかったのかと悩む。

同時に、そういう事情だったのだともわかった。

スポーツ選手が、アクシデントにより競技生活を続けられなくなったという話は、特に珍しくもない。気をまわしすぎだったのかと思った時、

「正確には、怪我をしたのは試合中じゃないんだけどね」

明通寺が訂正した。苦笑から、薄笑みに変わっている。やっぱりなにか、たくらんでいるような顔に見える。

「――四回生だったある日、教室棟の廊下を歩いていたら、階段から人が落ちてきた。激突して……そのはずみで右足の靭帯《じんたい》を損傷した。で、選手生命も断たれ、内定してた会社も取り消されてジ・エンド」

なんと言っていいのかわからなかった。

ご愁傷様《しゅうしょうさま》でもないだろうし、大変だったんすね、じゃ却ってばかにしているように感じられるかもしれない。

「悲惨《ひさん》過ぎて、言葉もない？」

「や、そういうわけじゃ……でも」

「そこからはもう、なんというかな転落劇。とりあえず、普通の企業はもう新卒の内定も出し終わった時期だったし。田舎《いなか》に帰って同情されるのもなんだしってことで、求人情報誌を片っ端っから当たって……学生時代はホッケーばっかりで資格もないから、給料いいのは営業職だけど要普免のところがほとんどだとか、もうね。消去法で、今の会社に就職したわけだが、スポーツ馬鹿はつぶしがきかないってことだけは身にしみたよ」

いつしかブドウ割りもお互い四杯目に入っていた。いつになく饒舌《じょうぜつ》なのは、酔いだけのせいではないのだろう。こんな話させて悪かったなあと思う反面、勝手に想像をめぐらせてるだけなのも失礼やしという気持ちもある。なら、訊いたほうがよかったのかもしれん……。

「なんかすいません。俺たち、失礼なことばっかり」

思わずちあきも勘定に入れてしまったが、考えてみれば斟酌《しんしゃく》なく斬りこんでいったのはちあきだけだった。

「きみはなにも、べつに失礼は言ってないじゃない」

明通寺は、なぜか心外そうに言う。

「いや、じゃあちあきが、そのう……」

「きみが謝ることじゃない」

さらに強い語調で言われてびくっとした。

「――いちばん悲惨だったのはね」

ややあって、明通寺がふたたび口を開いた。

「そのせいで、恋人ともダメになっちゃったことかな」

恋人。女に興味はないという言葉が、厭でも蘇ってくる。

「チームメイトだったけど……あっちは奇跡的に怪我もなくて、内定してた会社に入って、今は実業団で活躍してるよ」

「……そうなんですか、って、えっ」

チームメイト？ ……っていうことは、あれはべつに冗談でもなんでもなくて、「なんてね」じゃなかったのか。いやそう言うてたし、アイスホッケーの社会人リーグに女子選手がいるという話は寡聞《かぶん》にして存じ上げない……。

目を瞠る音生に笑いかけると、

「だから、そう言ったじゃないか」

ええ聞きましたけども。――まさかと思っただけだ。

だが、女の気配のしない部屋。アダルトＤＶＤの内容を、なんの萌《も》えも感じられない口調で解説したこと。

ひとつひとつを思い返せば、なるほどそういうことかと合点がいくから困る。

――つーことは、俺にもチャンスがあるってことだったり……。

思い、なんちゅうゲスいことを考えるんやと自分で自分に呆れた。

「まあ、そうどん引かないで」

黙したきりの音生をどう思ったか、明通寺が冗談まじりの口調で言う。

「ど、どん引いてるわけじゃ……いやその、アイスホッケーの強豪っていったら、あの会社かな？　とか思ってただけで……」

しどろもどろにいいわけするが、その内容がまったくゲスの勘ぐり以外の何物でもなかったと気づき、音生はまたも絶句した。

「ネットで、大学名とかで検索しないようにね」

その口ぶりは、やはり冗談めいていたものの、元恋人への気遣いの表れととれなくもない。

そう思うと、胸の奥がちりちり焦《こ》げるような痛みを訴《うった》えた。

これは、やっぱりそういうことなんかな。もしかしたら、いやまさか、とその都度《つど》揺れていた振り子が、一方に振れたところで静止した。そういうことか。

相手の過去が気になる時点で、答えなんか決まってたようなものだ。

「――そんなわけで」

明通寺は真顔に戻った。

「きみが階段から落っこちてきた時、とっさに昔のことを思い出して、反射的に避けてしまった……面目《めんぼく》なくて、合わせる顔がなかったから無視した。すまなかった」

「いやそんな、そういう事情ならそりゃしょうがないですよ」

あわてたのは、低頭されて、いつになく神妙な姿に当惑したというよりは、言われるまでそんな事件のことをすっかり忘れていた自分に気づいたためだった。


——なんだかなあ。


その夜、明かりを消した寝室で天井を見上げながら、音生はさっき交わしたたやりとりを反《はん》芻《すう》していた。

粒子《りゅうし》の粗《あら》い闇《やみ》に目が馴れてくると、完全な暗闇でもない部屋の概要がおぼろげに浮かびあがる。天井の、マーブルになったクロスのその模様だとか、クローゼットのドアの形だとか。むろん、あんないい男が過去に恋愛のひとつやふたつ、経《へ》てきていないほうがおかしい。

たとえ、それが特殊な性癖《せいへき》であったとしても、明通寺なら相手に事欠かないはずだ。

それが生来なのか後天的に傾いたものなのかは知らないが、後者なら明通寺が軌道《きどう》修正する未来もあり得るのだろうか。

興味のなかった女をその対象として見るようになって、いずれは結婚し、ふつうに家庭を築き上げ——と考えると、居酒屋で感じたあの焦げつくような思いが蘇る。

そんなん、いやや。

そう思っているところをみると、自分も後天的にそっちサイドの者になりつつあるらしい。後天的にというか、ほんの最近から。

明通寺のどこが好きなのだろうと考える。男前ぶりに度肝《どぎも》を抜かれたのは事実だが、最悪な出会いも相まって、そんなものは却ってマイナス因子にしかならなかった。

それが、ふとしたことから実は親切でいい人だと知る。気さくだし話しやすい。ルックスにあぐらをかいて、横柄《おうへい》にふるまったり調子に乗ったりはしていない。イケメンで、性格もいい。けれど、そんな理由で、人は恋におちたりはふつう、しない。相手が同性ならなおさらハードルは高い。

……はずなのに、いつか気づけばこうなっている。気持ちがすっかり明通寺のほうを向いてしまっていて、それは理屈では説明できないもので、考えてみれば誰かを好きになる時なんてこんなものだ。利害や好不都合とかは関係なく、すとんとおちるもの。明通寺が、なにげないしぐさでフェンスをあっさり蹴破《けやぶ》ったあの瞬間に、音生との間にあった心の境界まで取り払ってしまった——そういうことなのかもしれないのだ。

考えてみれば、それはべつだん性の同異を問わず共通する恋のメカニズムである。男だとか女だとかは、関係ない。

けど、明通寺さんてそっち系だったんですねー、じゃあ俺とつきあいませんか？ ……なんて、言えない。言えるわけない。こっちがゲイだと知られているとかならともかく、明通寺の音生に対する認識は、ふつうに一ヶ月前までは女とつきあっていた奴だろう。

まんじりともせず考えている音生の隣で、ちあきはすうすう寝息をたてている。

ひさびさに存在を意識して、音生はちあきのほうに顔を向けた。

もう彼氏彼女じゃないんやから、別々に寝よう。

そう言ったのに、ちあきは平気で音生の隣にもぐりこんでくる。音生がリビングで寝ることにしても、朝になったらちゃっかり横にちあきが寝ていたり。

むろんそれだけで、肉体的な関わりはいっさい持っていないけれど、こんなことをだらだら続けているうちは明通寺に意思表示するどころじゃないと思う。

——おまえはほんま、暢気《のんき》でええな。

太平楽に眠りの海を漂っている頰を、指でちょいちょいつついてみた。思えばちあきを好きになったのだって、今あるプロセスとなんら変わりがない。合コンで顔を合わせた時、そりゃ好みのタイプではあったが、それだけで好きになったわけではない。ちあきにはちあきの魅力があった。たとえば、このスーパーポジティブなところとか。

けれど、もうそういう意味では好きやない。

不思議なものだ。ふられた時はかなりへこんで、そういう意味では未練もあったはず。

それが、今はもうない。気持ちの振り子が、いつどんなタイミングでどちらに振れるのかなど、誰にもわからない。

7

ビル地下にある倉庫で、在庫のチェックをしていた音生《ねお》は、店長、と呼ぶ柔《やわ》らかな声に振り返った。

思ったとおり、片岡由里奈《かたおかゆりな》のほっそりしたシルエットが入り口に現れている。コンクリートの床に靴音《くつおと》を響かせながら、かつかつと近づいてきた。

「なに、店でなんかあったの」

思いつめたような顔だと感じた。そんな顔で見上げてこられれば、仕事の話ではないとさすがにぴんとくる。かといって、同僚とのトラブルなんていう話でも——。

できればその類《たぐい》であってほしかったが、由里奈はゆるゆるとかぶりを振る。

「そうじゃないんですけど、今日、夜空《あ》いてますか」

やっぱりそっちだった。音生は一拍おいて、

「どうして」

訊《たず》ね返《かえ》した。都合が悪いと嘘をつくことはいくらでもできる。が、それでは問題を先送りす

るだけになる。

そういう、優柔不断な優しい俺とは訣別《けつべつ》する。

などとかっこをつけて決意してみたが、由里奈の、訴《うった》えかける目を見ているとそれもどうなんやろなどと思い直してしまうからダサい。

「もしよろしければ、お食事でもと思ったんですけど……ちょっと、お話ししたいこともありますし」

音生は無言で、由里奈を見下ろした。

なにかを決めた人間の顔だ。

なら、これ以上の期待を抱《いだ》かせてはいけないのだろう。

「いや。そういうことなら、皆のいるところで聞きますから」

心を鬼にして言う。

由里奈は、かすかに目を瞠《みは》った。

「皆のいるところでできるような話じゃないんですけど……」

非難するように言われ、いやいやと遮《さえぎ》る。

「それなら、よけいにだよ」

「店長、私は」

「あまり個人的に特定の誰かと飯に行ったりするのは、まずいと思うんだよね」

「……。それは、立場上のことですか？　それとも、プライベートでも、ですか」

「両方」

音生は、せいぜいクールぶって簡単に答えた。

「誤解を受けるのもまずいだろう。特に片岡さんは人気あるから、連れ出したと思われて怨《うら》みを買っちゃうかもしれないしね」

「……。私は、誤解されようがかまわないんですけど」

由里奈は、せいいっぱい強がろうとしているようだった。

「じゃあ、なおさら困る」

「——彼女さんと、やり直すんですか？」

少し間を置いた後、おそるおそるという感じで訊《き》いてきた。

「いや。ちあきには、帰ってもらう」

「じゃ、他に好きな人が……？」

その顔を見て、音生はうなずいた。

「そうですか……無理を言って、どうもすみませんでした」

由里奈は、最後には能面みたいな顔になって踵《きびす》を返した。

その背中を見ると、やはり罪悪感《ざいあくかん》をおぼえないわけにはいかない。意思表示したことはないとはいえ、一時はつきあってもいいかな、などと浮《うわ》ついた考えももよおした相手だ。そんな気配を感じ取って、由里奈がその気になったのかもしれないと思えば、自分の狡《ずる》さばかりが目につく。

事実、揺らいでいたし。東京では女は作らない、という当初の固い決心がなければ、好きになっていたかもしれない。途中で方向が逸《そ》れたから、なにごともないまま立ち消えになったというだけで。狡いし、虫がよすぎる。

――けど、しょうがないんや。

たとえ明通寺にぶつかって玉砕《ぎょくさい》したとしても、自分の気持ちは一度リセットしなければならない。

その後は……山に行って、滝にでもうたれてこようか。


そのままの勢いで、ちあきのほうもけりをつけるつもりだったのだが、その日、帰宅すると部屋にちあきの姿がない。

「ちあきー……おーい？」

外出中でないのは、リビングの電気がつけっ放しであることからわかるし、紙袋の山もそのままだから、帰郷したのでもないだろう。

じゃあどこに、と無人のバスルームに首を捻《ひね》る。

リビングへ引き返し、そこで気づいた。

窓が十センチばかり開いている。

厭《いや》な予感が胸をかすめた。音生はベランダに出、隣室の領域に踏みこむ。

中を覗《のぞ》きこまないまでも、ちあきの所在はすぐあきらかになった。

「あ、おかえりー、ネオちゃん」

「おまえ……」

窓を開けた恰好《かっこう》のまま、音生は絶句する。

ローテーブルに出したホットプレートで、じゅうじゅう肉が焼けている。

箸《はし》を握《にぎ》ったままこちらを振り返っているのは、どう見ても自分の元カノである。

そのむこうに、この部屋のほんらいの主。

「……なにやってんの？」

やっとのことで、言葉が出た。

「なにて、酒盛り……もうー、ネオちゃんさっさと入りや。クーラーもったいないやん」

ちあきは音生を促《うなが》し、自らぴしゃんと窓を閉めた。

テーブルの上をざっと見る。ロング缶が半ダースばかり。さつま焼酎《じょうちゅう》の七百二十ミリリッ
トル入りボトル。トングの刺さったアイスペール。ワインの瓶《びん》、ソーダ水。

「おかえり。葉室《はむろ》くんが帰ってくるまで、ちょっとだけ呑《の》んで待ってるつもりだったんだけど

ね」

そして、音生の気など知るよしもない男は、愛想《あいそ》のいい笑顔を向けてくる。スーツの上を脱ぎ、ネクタイを緩《ゆる》めてシャツのボタンを上から三つ外している。

相手がゲイだと知っていなければ、俺の女に――元カノだが――手を出しやがったなと思ってもしかたのないところだ。その「女」がちあきだという時点で、成立しないであろう言い分だし、責めはしないかもしれないが。

「どうせこいつが無理やり押しかけたんでしょうが。すみません、迷惑かけて」

事情を察すると、今度は面目《めんぼく》ない。

「えー、なによその言い方――。べつに迷惑かけてへんで。先に焼いてたのは悪かったわ。けど、ネオちゃん遅いし、お肉出しっ放しでだんだん色悪くなってくるんやもん。早《は》よ焼いたげんかったら、お肉ちゃんに悪いやろ?」

「肉には悪くて、明通寺《みょうつうじ》さんには悪くないんか」

「だって、一人で呑むの厭《いや》やん。そしたら、ミョーツージさん帰ってきてー、ベランダでたそがれてはるしー……」

「……せめて、俺が帰ってくるまでは酔《よ》わんぐらいの気を遣《つか》え」

「酔うてないし、そんなに呑んでないもーん」

「いや酔うてるし呑んでる。おまえは、必要以上に呑んでる」

ぷっと噴《ふ》き出《だ》す音がした。誰何《すいか》せずとも、三引く二で明通寺しかいない。焼酎らしいタンブラーを手に、くくっと喉を鳴らした。

「明通寺さん……」

「いやごめん。なんか、浪速《なにわ》の夫婦《めおと》漫才でも見てるみたいでちょっと」

素直に謝りつつ、明通寺は笑いを抑《おさ》えきれないようだ。

「……いや、べつに、喜んでいただけたならいいですけど。こいつ、どれほど呑みました?」

「うーん……ビール三、焼酎四、五杯に……」

「そんなに! ひとん家だっていうのに」

夫婦漫才から、どつき漫才に芸風チェンジしたいところだ。

「いや、ビールはちあきちゃんが持参したやつだし。そろそろまずいかと思って、薄いスプリッツァーを作ったんだけどね」

「細かいことガタガタ言いないな。ネオちゃんも呑も! 呑も呑も!」

背後からちあきがのしかかってくる。

「わかった、わかったからおまえはもう呑むな」

音生は、その手からグラスを取り上げた。くいっと呷《あお》る。

「ああーっ、あたしの!」

「呑め言うたから呑んだだけや……水だけもらえます?」

「うん。それはともかく、葉室くんも食べなさいよ」

言われなくとも空腹である。強制的にちあきに水を与えた後、音生は箸をとって、いい感じに焼けた肉や野菜をつめこみはじめた。ちあきは床に横坐《よこずわ》りし、勝手にスプリッツァーを作って呑んでいる。音生は横目で睨《にら》んだが、どうせ聞き入れやしない。こうなると、潰《つぶ》れるまで呑むのがいつものコース。

――シリアスな話すんのは、明日になるか……。

それにしても、追い出すつもりで帰ってきたら、他人の家に上がりこんで酔っ払っているとは。そういう女だとわかっていなければ、もっと大喧嘩《おおげんか》になったところだ。明通寺にそんなところを見られなくてよかった。

「ちあきちゃんに聞いたけど」

明通寺は、タンブラーを傾けつつ言う。あまり箸が進んでいないところを見ると、ちあきにつきあってのことかは知らないが彼らはほぼ食後ということか。なんとなく面白《おもしろ》くない。

「葉室くんのおへその横、黒子《ほくろ》が二つあるんだって？」

あやうくビールを吹き出すところだった。

「な、な、なにを、なにをあなたがたは――」

俺のおらんところで、下ネタ全開か。陰口反対。

「いや、そこまでヤバいところ聞いてないから」

「そうやん、おへそなんかべつにいいでしょ、ちん——むぐぐ」

音生はあわててちあきの口を塞《ふさ》いだ。

「いいかげんにしろや。いちおう女なんやし」

この分では、下ネタはともかく、よけいなことをいろいろ明通寺に喋《しゃべ》っているかもしれない。

「女あ？　女ねー……ふう」

「すみません、ガムテープありませんか。布のやつ」

「そこまですることないよ。かわいいじゃないか」

元カノを褒《ほ》められて、喜んでいいのかそうでもないのか。しかも言ったのが自分の惚《ほ》れている男。哀《かな》しむべきか、俺だって褒められたいのにと嫉妬《しっと》するところか。複雑だ。

「ほらあ？　やっぱりあたしって、かわいいんやん？」

「ああ、はいはい、かわいいよ、ちょっと太ったけどな」

「はあ？」

ぱかりと開けた大口に、音生は焼きたてのしいたけを押しこんだ。

「あち、あち、むぐ……」

「……葉室くん。意外とSだね」

「え、タレをつけてやらなかったところがですか？」

明通寺は、しかたなさそうに笑う。なんだかよくわからないことになってきた。

しばらくは、焼きもののたてるじゅうじゅういう音と、氷の触れ合う音だけになる。

そこへ、木をひっかくような奇声が割りこむ。気がつくと、ちあきが音生に凭《もた》れかかったまま鼾《いびき》をかいていた。

「おいおい、こんなところで寝るなよ」

音生が背中を揺すって動かすと、急にがばりと起き上がり、叫ぶ。

「そうや！　ネオちゃん、子ども作ろう！」

「はあ!?」

「でき婚！　そしたらおとんも、さすがに反対はせんやろ」

「いや、っていうか……」

「そうしようそうしよう、子ども作ろおー、あー、ミョーツージさんもお、子どもは作っといたほうがええよ？　なんぼホモでも、寂しい老後やでー……」

今度こそ、その口にあつあつのコーンでも突っこんでやりたいところだ。だが、塞ぐまでもなく、ちあきはバブルスライムみたいにぐにゃりと床に崩《くず》れ、盛大なノイズをたてはじめた。

「……すいません」

いたたまれないとはこのことだ。音生はいっそ、土下座《どげざ》したい心境だ。明通寺に限らず、ゲイとわかっていて寂しい老後とか、いくら酔っぱらいでもまずすぎる。

「いや。さっきから、そこ何回も強くおすすめされてたし」

音生はふたたび絶句した。それこそ、ガムテープでも貼っておいてくれればよかったのだ。

「プロポーズしたんだって？」

「え……っと、大阪にいる頃に」

音生はしどろもどろになる。どこまで喋ったんや、とまた思うが、時系列だけははっきりさせておかなければならない。

「でも、お断りされましたし——だいたい、こいつがまだ一人の人に縛《しば》られたくないの、とか言わなきゃこんなことには」

言いかけ、なにをこんなところでグチってんねん俺、と思った。

「あ、いや。俺がただ、ふがいないだけなんですけど」

なにか言ってほしかったわけではないが、明通寺はどうだとも返さないので、へんな間があいた。音生は困惑し、ちあきを担《かつ》いで自分の部屋に戻ったほうがいいのだろうかと考える。けれど、こんなあやふやな気持ちを抱《かか》えて帰るのは厭だとも思う。ちあきを背負う以上に、この気持ちが重い。

「あの。こいつ、なんかいらんこと言いませんでした？」

思いついて、訊ねる。

明通寺は視線を動かした。

「——いや」

簡単に答える。

「少なくとも、ひっぱたきたくなるようなことは、なにも言わなかったよ」

「ひっぱたきたくなるような、って……」

明通寺が女に手を上げるような場面じたい、そもそも想像できない。

「いかに、『ネオちゃん』に自分が愛されてたかとか、よりを戻すことになったとか、そんな話」

「あ、はは……そんな話はないですし——って、はい？」

言われた意味が、よくわからない。二人のラブラブだった時代の話なんかは、当事者以外にはまったく愉《たの》しくないことはたしかだ。だが、そんなことがぶん殴《なぐ》るような理由になるとも思えず、音生は、明通寺をただ見つめる。

「実際、そんな話になったらどうしようと思ってた」

明通寺は、こちらを見た。

どこか必死なその顔に、なんかこういう目をした人を最近見たな、と思う。

あ、と気づいた。片岡由里奈。彼女が、いつもこんなふうに自分を見ていた。

ええと——すると、どういうことに……？

「知ってた？　ここって、新婚さんは入居お断りなんだよ」

混乱する音生に、明通寺はまた、まるで脈絡のない問いかけをしてくる。

「あ、そうなんですか」

「まあ、集合住宅ではそういう断り書きしてるところはたまにあるよね——子どもが生まれて、壁に落書きされたり押しピン痕《あと》をつけられたりっていうのが厭だって話」

「……はあ」

「だからね、ここに決めた」

「？」

「いつかお隣さんと仲良くなって、その人を好きになっちゃったら、困るでしょ？」

「いたんですか、そんな人」

「いなかった。こないだまでは」

「よかった」

思わずそう口にしていた。え、と明通寺の顔が動く。

「い、いや」

あわてて胡麻化《ごまか》した。

「……こないだまで？」

その一言に、ひっかかる。

「そう。ちあきちゃんが、きみの前に現れるまでは」

「ええと……」

「いや、その他にも、なんか現れたけど」

それは、由里奈のことなのだろうか。……まあ、そうなのだろう。

するとどうなる？　ちあきの登場に、微妙な気持ちになったのが、由里奈だけではなかったという結論に――って、それは。

「はあ!?」

思わず、すっとんきょうな声を発していた。

「それっていうのは、ようするにつ、つみゃり」

大事なところで噛む。そんな自分の情けなさに、はっと口を噤《つぐ》む。

明通寺は、少し哀《かな》しそうなきれいな目で、こちらを見ていた。

「二人がよりを戻して、隣の部屋で暮らしはじめたりしたら――俺はここを出ていこうかなと」

「み、明通寺さんっ」

はっしと、音生は相手を引きとめた。

「ちょっと待って……な、なんでまた、そんなことをいま」

傍《かたわ》らには、安らかというにはいささかノイジーすぎる音をたてて眠る女。

正体もなく眠りこんでいるとはいえ、このシチュエーションで、その、告白っぽいことを突然切り出す。明通寺の考えが、わからない。

「んー……ちょっと酔ってるからかな」

口の端を、少しだけ上げて笑う。

その笑顔に、泣きそうな気分に見舞われた。最初は苦手だったその表情に、今は泣けそうなくらい心臓をわし摑みされてしまっている。そんな自分の状態が、情けないんだか嬉しいんだかも、わからない。

「よ、酔っぱらわないと、言えないようなことなんですか」

ちょっと憤慨《ふんがい》したが、

「迷惑?」

と、うるんだような目で言われたら、それ以上責められるだろうか。

現に、まったく迷惑だなんて思ってはいないし、それどころか俺に気づいてくれてありがとう! と叫び出したいような気分だ。

「いや全然。迷惑じゃないです!」

きっぱり言うと、視界の中で明通寺は驚いたように目を見開いた。

「……でも、今ここで言う話じゃないんじゃないかと——」

恥ずかしくなって、つけ加える。迷惑じゃない、イコールその気持ちを受け入れる用意があると断言したも同然なのだ。

こんな場面は、できれば二人きりの時に迎えたかった。が、もぞもぞいいわけしている場合ではなかった。

明通寺の顔が近づいてきて、音生に触れる。鼻孔《びこう》をかすめる、あのフレグランス。重なり合った唇の柔らかさ。

頭の中にぱっと熱の花が散るような気がした。

触れ合わせるだけのキス。だが、合わさっている時間が長くて、いつ離したらいいのか明通寺もタイミングを迷っているのかと思う。

「――これ以上は、我慢できなくなるとまずいからね」

そうではなく、深いキスをするには危険すぎる場面だということだった。

それで、あらためて思い出す。

ちあきは、床にながながと伸びたままぐうぐう寝入っていた。

うわ、そういえば。

ついさっきまで、そのことを気にしていたはずだったのに、キスした瞬間、忘れてしまっていた。第三者がいた事実。

これはまた、なんという大それた真似を。

明通寺の顔が、まともに見られない。

今までの、意味ありげと見えた顔つきや、探るようなまなざしが、自分がうっすら感じていた意図をもって向けられたものだと知ったとたん、羞恥《しゅうち》に見舞われる。自分が、それらにどう応じたか――いつからなのかは知らないけれど、鈍感すぎて気づかなかったアプローチもあっただろうし、逆に意識しすぎていた箇所もあっただろう。

それら全部を、見られていた。

できるなら、時間を巻き戻したい気分だ。最初の、階段を落下するところまで遡《さかのぼ》って……いや、あれはさすがにちょっと厭だけど、その後ぐらいからやり直したい。うまくいくとわかっているなら、それはどれほど愉しいラブストーリーになるだろう……。

だが、現実にはこれ。せっかくの成就《じょうじゅ》の場面なのに、大トラの女が横で寝ている。しかも、それは自分の恋人だった相手だ。

いや。ちあきを眺《なが》めながら、音生は静かに決意を固め直した。こうなったからには、自分の口からちあきにはっきり言わないと。

明日。


「おまえ、そろそろ帰ったら？」と切り出すのか、「悪いけど帰ってくれへん？」とやや強めに言うのか。

どう言えばちあきを納得させられるのかとあれこれ迷ったあげく、翌朝、いそいそ朝食の支《し》度《たく》をしているちあきの背中に向かって、音生が放った第一声は「あんなあ、おまえいつまでおるのん？」という、なんともヘタレたセリフだった。

「んー？」

ちあきは振り返った。胸を強調する、やたらとフリルのついたエプロン姿。

「いつまでって、そろそろ帰ろうかと思ってるけど」

「――へ？」

これは予想外だった。もっと顰蹙《ひんしゅく》を買うかと予想していたのだ。

「粘《ねば》ってても、ネオちゃんぜんぜんその気ないっぽいしー、隣の男前はホモやし」

「……明通寺さんまで狙《ねら》ってたのかよ……」

「なにその、思わずって感じの東京弁」

ドラマみたいに喋りないな、と言いながらちあきが湯気の立つ皿を運んできた。

「だから」

音生は咳払《せきばら》いした。

「言葉遣いが変わったように、俺もこっちで新しくやり直すしな」

どうやら修羅場《しゅらば》は逃《のが》れられそうな雲行きに、音生はたたみかける。

「ネオちゃん、もう他に好きな人できたん？」

ちあきは、疑うようなまなざしを向けてくる。

どうして非難されなければならないのかは不明だが、ここで変な隠蔽《いんぺい》工作などしてもしかたない。

「うん」

「なにその、素直モード」

ちあきは、むっとしたふうに唇を突き出した。

「正直と言うてくれや」

「せやな。ネオちゃんは、あたしに嘘だけは言わへんかったわ……あのぶりっ子セレブ？」

一瞬、誰を指しているのかわからなかった。

由里奈のことだと理解するのに、少々時間がかかる。

「ぶりっ子セレブって……せめてコンサバ系とか」

「だって、なんかあたしと対極っていうかさ……どうせあたしなんか、ギャルの権化《ごんげ》みたいに思われてるんやろ、あのコにも、ミョーツージさんにも」

「さあ……」

明通寺の名が出て、どきりとした。

ちあきはテーブルに片肘《かたひじ》をつき、しばらくぼんやりしている。

そろそろ出勤しなければならない。

「まあええわ」

ちあきは、ぱっと顔を上げた。

「東京だいぶおもろかったし。また来るから」

「え」

「今度は、コンラッド東京とっといて？」

「……はあ？」

「だって、ここにあたしが居坐《いすわ》ってたら、ネオちゃん気軽に次のコ連れこまれへんやん。そんでイラっと来てるんでしょ？　ホテルから通ったるから、ネオちゃんの名前で予約して」

だから、そんなセレブなホテルに滞在するというわけか……しかも費用はこっち負担でといいたいのか。

なんというバカポジティブ。どこまでも虫のいいちあきが、こうなると逆に羨《うらや》ましい。

「いいけど、より戻すとか、そういう話やったらコンラッドとかもキャンセルするぞ？」

「わかってるってー」

ほんまかいな。

「おまえも、また顔だけいいしょうもない男にひっかかんなよ？」

「もうー、おとんかいな。ウザウザ。はよ食べちゃって」

そして、けろんとした顔で、荷造りに半日かかるから、出るのは夕方やけどええ？　と訊《き》いてきた。

結局、物見遊山《ゆさん》で東京にやって来たって話か。

そこまで執着《しゅうちゃく》されていないと知って、ほんらいならありがたいと思えるはずが、なんだか割りを食ったような気分になるのは、そうは言ってもこのあいだまで好きだった相手だからか。

ひとつ前の恋。

そんなふうに位置付けることができるなら、ちあきにも感謝しなければならないのだろう。


コーポの下まで来ると、音生はなんとなく三階を仰《あお》いだ。

右端の部屋の前、身を乗り出すようにコンクリートに寄りかかった人影がある。

「——明通寺さん」

階段を急ぎ足に上がりながら、だんだん心臓が早鐘を打ちはじめた。

「彼女、帰ったの？」

向かいあうと、そう訊かれた。

「無事、新幹線に乗せてきました」

「そう」

「でも、また冬に来るらしいです、ってああ、うちに泊まるわけじゃないけど。それで、コンラッド東京って、一泊いくらぐらいするか知ってます？」

「は？　なにをやぶからぼうに」

「いや、なんかそこを拠点《きょてん》に活動するらしく……」

そもそも、どこに存在するホテルなのかも音生は存じ上げない。なりゆきを察知したのか、明通寺はしょうがないなというふうに破顔した。

「振りきれたわけじゃないってことか」

「……すいません」

「なんで謝るの」

「いや……」

「最初に見た時から、いいなと思ってた」

明通寺は、ぽつりと落とした。

「俺がですか？」

「ほかに誰がいるの」

「いや……なんというか。自分で言うのもなんですけど、べつにぜんぜん外見もいいわけじゃないですし、中身も……」

「おいおい、そうこきおろすなよ、俺が好きになった人を」

「いやー……」

臆面《おくめん》もなく言われると、それ以上卑下《ひげ》するのもみみっちいし、かといって急に自信にあふれた態度をとるのも妙だ。歩き出した明通寺の背中を追って、音生も階段を上がった。

なんとなく、明通寺の部屋に二人で入ることになる。

灯りのついたリビングに足を踏み入れると、明通寺がぐいと腰を引き寄せてきた。

そのまま唇を塞がれる。

いやまあ、そういう感じの展開かなとは思っていたけれど……それでも不意打ちには変わりなく、音生はどぎまぎしながらもそれを受け入れる。

唇をこじ開けて、明通寺の舌先が歯列をくすぐってくる。唇の裏側までたっぷり舐《な》めた後、口腔内《こうこうない》に割って入った。

「ん……」

たしかめるようにゆっくりと一周し、音生の舌を巧《たく》みに絡めとる。きつく吸い上げられると、頭の芯が痺《しび》れるような陶酔感《とうすいかん》がめぐってきた。

そうしながら、腰に回した手が音生の身体を這《は》う。パンツに包まれた双丘《そうきゅう》をきゅっと摑まれた時、痺れが全身を駆け抜ける。

「――あ、あのっ」

思わず身体を固くした音生を、明通寺がいったん放した。

それでも至近距離にある顔に向かって、やっとの思いで口を開く。

「俺、こういうのは――その、あんまり知らない……っていうか、もちろんセックスしたことがないわけじゃないですけど！」

経験値がないことをあらかじめ言っておかないと、いけないような気がした。

明通寺は、ちょっと眉を上げた。

「あんまり？」

「い、いや……男の人とは……ぜんぜん」

そこが気になるんかと思いつつ、言い直すと、

「知ってるから」

笑って、音生の腕を引いた。

あー、明通寺さんは経験豊富なんやとあらためてわかる。少なくとも、半年前までいた、というその人がいる。あと、大学時代のチームメイトだった恋人。それだけで最低二名がカウントされる。そのほかにも、もちろんもてないはずのない人だ。考えてもしかたがないことだとはいえ、会ったことも見たこともない彼らに、ちりっと胸が焦《こ》げるような思いがした。

誰かわからん相手に嫉妬《しっと》してる場合やないけど――。

それを言うなら、俺かて、二ヶ月前まで普通にセックスしてた相手の顔、ばっちり知られてしもてるし。

明通寺は、そのちあきに妬《や》いていたわけだ。よりを戻したら、このコーポから出ていこうと思い悩むほどに。こんな男前が、と思えばもったいない気がする。いったいなんで俺なんやろ。

「――過ぎたことを、いつまでもぐちぐちとは言わないところ」

ふたたび唇を重ねてきた後、明通寺が囁《ささや》く。

「俺が……ですか」

いや、根に持ってはいたのだ。助けてくれなかったこと。あまつさえ、冷酷《れいこく》無情とか東京の奴はこれだからとか、恨《うら》み節《ぶし》を唱《とな》えていた。

「……かなりぐちぐち思ってたんですけど、思うだけなら」

言うと、くくっと笑う。

「そういう正直なところとか」

「——っ」

答えられなかったのは、その時柔らかく耳を食《は》まれたからだった。

「それに、俺を好きになってくれたところも、かな」

「んなのは、そのー……」

後付けの理由にほかならないのだが、キスを繰り返すうち、小さなことはどうでもいいやという気になってくる。

キスをしながら互いに衣服を脱がせあい、ベッドに倒れこむ。

明通寺のベッドは、音生のニトリ発一万円のそれより広くて作りも立派で、スプリングが柔らかい。

これも、経験の差なんやろか。

羞恥《しゅうち》を不要な思考で胡麻化していた音生だったが、重なってきた明通寺の身体の熱さを感じると、よけいなことなど吹っ飛んでしまう。

女の子とはぜんぜん違う、ごつごつとした肌《はだ》。

胸板が厚くて腕も筋肉の動きがわかるくらい締まってて……いやそれは、日頃の鍛錬《たんれん》がものをいう領域なのか。運動嫌いでゆるんでいく一方の、自分の身体が急に恥ずかしい。

それよりなにより、中心部でこすれあう、互いの昂《たか》ぶりが――。

ふつうに女の子としかつきあってこなかったから、知らなかった。自分が、男の肉体でも欲情するような嗜好《しこう》の持ち主だったなんてこと。

それとも、明通寺さんが相手やから？

きっとそうなのだろう。ざらざらした手のひらが撫《な》でる箇所に、次々と火がつけられてゆく。身体の芯《しん》で疼《うず》く、埋《うず》み火《び》みたいな小さいけれども深い熱。

「あ……」

その手が、音生の真ん中で形を変えはじめているものに触れる。

なにかのはずみで触ってしまっただけかという希望的観測なんかはすぐに否定され、それはある目的をもって計算された動きをみせる。

「あ――や……っ」

はっきりと意図したかたちで扱《しご》き上《あ》げられ、思わず拒《こば》んでしまう。だって、同性に触られるようなことは……。

が、ずり上がろうとする音生の身体を押さえつけるように、明通寺の手に力がこもった。

「う、うっ、あ……あっ」

逃げられない状況で、体内の熱を掻《か》きたてる。巧妙《こうみょう》かつ深遠なその、動き。

もういっぽうの手は、胸に触れ、小さな尖《とが》りをまさぐる。

探り当てられ、ぴくんとなった。そのまま、ゆるゆると揉《も》まれ、かつて知らなかった官能が生まれるのを感じる。

こんなところがイイなんて、知らなかった。

女とは違う。ふくらみも、包んだ時の手触りもなにもない平らな胸。

そんなんが、好きなんか。わからない。けれど、される側からいえば、男でもそこは敏感なスポットだったらしい。執拗《しつよう》にいじられているうち、それこそ女みたいな喘《あえ》ぎが漏れはじめた。

もう、自分がどうなっているのだかもわからない。

知り尽くした、手練《てだ》れの男に翻弄《ほんろう》されて、なにもわからずただ声を上げているだけの己が恥ずかしい。

けど、俺はきっと、同じことを明通寺さんにはできへん。

たっぷり唾液《だえき》をからめながら肉粒《にくつぶ》をねぶっていた唇が、ピアノを弾《ひ》くような自然さで下肢《かし》へ滑《すべ》ってゆく。

その、隣の鍵盤《けんばん》を押さえるのと同じさりげなさで、ひくつく昂ぶりをすっぽり包んだ。

「！　あ――」

音生は小さな悲鳴を上げ、僅《わず》かに腰を浮かせるが、それが却って明通寺に深く咥《くわ》えこませるための助けになる。

「ん……ん……」

こうなると、もはや抵抗するどころではなかった。熱い粘膜に包まれる快感は、知っている。舐め上げられ、扱きたてられ、会陰《えいん》まで丁寧《ていねい》にしゃぶられれば、もう逃《のが》れるどころではない。身体がそれを赦《ゆる》さない。もっと、この愉《たの》しみに淫《いん》したいという、浅はかな欲望が勝ってしまって、音生は自然に手を口に持っていった。指を噛んで、弾《はじ》けてしまいそうな淫楽に耐える。

だがそれも、長くは続かない。

明通寺の、絶妙な舌の動きに惑乱《わくらん》されるまま、嬌悦《きょうえつ》の極《きわ》みを前方で迸《ほとばし》らせてしまったのだ。

「ああ、ああ……ああっ」

水揚《みずあ》げされた魚みたいに、びくびくと身体が跳ねた。身を震《ふる》わせながら、先端を吸い上げる明通寺の舌の奥にすべて吐き出してしまった。

それでもなお、痙攣《けいれん》は止まず、爪先《つまさき》まで突っ張らかせた筋肉がなかなか元に戻らない。

同時に、気だるさに見舞われてもいた。痺《しび》れは全身に及んでいて、じんじんしている。今、思いっきり下腹部の肉を抓《つね》り上《あ》げられたとしても、痛みも感じないだろうと思う。

放出の余韻《よいん》にぐったりした音生を、だが明通寺はそこで解放してはくれない。

膝の裏に手が差しこまれる。え……と思う間もなく下半身が抱え上げられた。胸につくほど折りたたまれて、ということはアノ部分がすっかり相手の視界のもとに晒《さら》されている、と気づいた時は遅い。

熱く濡れた感触《かんしょく》がそこを捉《とら》えた。

「あ――、んな……っ」

音生は身を捩《よじ》ったが、敵《かな》うはずもない。圧倒的な身体能力の差とでもいうべきか、明通寺の舌が、狭間《はざま》を割って侵入してくる。

くすぐったさと、そんなところを舐められているという羞恥《しゅうち》の両方があった。

「や……んなとこ……あ、ああ……」

だが明通寺は抵抗に怯《ひる》む気配もなく、なお奥へと舌を差しこんでくる。肉襞《にくひだ》が、花びらのように捲《めく》られてゆく感じ。汚《きたな》いところなのに、という意識よりも初めて味わう快《こころよ》さが凌駕《りょうが》した。

放ったばかりだというのに、前がまた反応している。

もしかして、またいかされてしまう……？　あんなところを舐められて。

そう思えば情けない。だいいち、こんなことで明通寺さんは感じるのか……？

けど、俺には同じことはできんし。

当惑しながらも、行為にひきこまれてゆく。やがてたっぷり濡らされた後孔《こうこう》に、固いものが侵入してきた。

「……あっ」

「指だから」

思わず背筋をこわばらせてしまったのを、見抜いたように忍び笑いをもらす。

「いやわかりますけど……ん」

なにが入ってきたのかということではなく、そんなところになにかが入っている事実に羞恥をおぼえるのだ。

女の子も、あそこに初めて指入れられる時は、こんな感じなんやろか。

また、いらない思考が混ざってきた。気をとられているうちに、ずいぶん奥まで穿《うが》たれているのを知る。

ぎょっとして、身がすくんだ。

「あ、あ、そんなとこ……っ」

もぐりこんだ指が、ゆるゆると動く。

「あ……っ」

「痛い……?」

「んん」

かぶりをふった。痛いとかいうより、おぼえているのはやはり違和感だったが、しだいに馴れてくると内奥《ないおう》で疼《うず》くものがある。それは苦痛とは正反対の感覚で、前立腺を刺戟《しげき》されているとはわかった。肉壁を引っ掻かれるたび、下半身を妖《あや》しい波が貫《つらぬ》き、触れられてもいない前が反応する。

「あ、そ、そこ……っ」

ひくつかせながら、逸《そ》れていこうとする指を追って腰が揺れた。あさましい欲望が、奥を衝《つ》き動《うご》かし、泣きたいほど恥ずかしい。

「ここ？」

たぶん明通寺にはすべてわかっていて、焦《じ》らしているのだ。悔《くや》しいが、経験値の差はいかんともしがたい。唆《そその》かすような声に問われ、こくこくとうなずくと、またあの場所を指先が突いてきた。

「あう……っ、そこ……」

明通寺にしがみつき、音生は啜《すす》り泣《な》くような声を上げた。疼きが下腹部まで広がって、こんなささやかな刺戟《しげき》では我慢できないほどになっている。

太腿《ふともも》にあたる、明通寺の中心が固く濡れそぼっている。己のそれも同じ状態になっているのだろう。

ほんとうに、明通寺が自分の身体に欲情しているのだと知り、安堵《あんど》した。そういう性向の男がいるとは知っていても、まさか自分がその対象になるとは、今まで半信半疑だったのだとわかった。

「……これだけでも、きみをいかせられるけど」

指を蠢《うごめ》かせながら、明通寺がどこか苦しげにもらす。

「でも、できれば俺もきみといっしょにいきたい……その、ちょっと苦しい、かもしれないんだが」

遠慮《えんりょ》がちに打診され、音生はおかしくなった。なんだか可愛《かわい》い人だ。

「いいよ……俺も、明通寺さんといっしょじゃなきゃ恥ずかしいし」

「ほんとうに？　挿《い》れていいの？」

「そんなの、訊かないでいいですから」

すると明通寺は、ほっとしたように指を引き抜いた。

つられるように動いた腰の後ろに、指よりもずっと太く逞《たくま》しいものが押し当てられた。

熱く脈打つ、明通寺の昂ぶり。

「あ──」

「少しだけ、我慢して」

囁きとともに、めりめりと押し入ってくる。

「あう……」

思っていたよりも、ずっと質量を感じた。だが、恐怖よりも満たされる安堵感がある。

なぜだろうと思いながら、明通寺をぼんやり見上げる。少し唇を開いた、無防備な表情。

ああ、こういう顔が、見たかったんかなあ──。

そして、自分もこんな顔をしているのだろう。きっと、ふだんよりもずっと油断した顔だ。それを見て、明通寺も安堵してくれればいい。

いつかぎゅっと、シーツを摑んでいた手の甲を、明通寺の大きな手のひらが包む。

「全部――全部入った？」

「ああ……きみの中が、すごく悦《い》い……熱くて……弾力があって……くっ」

低く呻《うめ》き、明通寺は我慢できないように腰を揺すりはじめた。

「あ……あ、は……はっ」

「痛い？　ごめん、だけど――ああ」

音生が声を上げるたび、明通寺ははっとしたように動きを止める。

そんなところが、やっぱり可愛い人だと思う。

遠慮しないでいいのに――一気に全部、自分のものにすればいいのに。

乱暴に征服するのではなく、少しずつ馴らしてくれようとする気持ちが伝わって、頭を撫でてやりたいような、へんな気分になる。

実際には、そんな余裕なんかなくて、揺さぶられるまま声を放つしかなかったのだが。

やがて、指が執拗《しつよう》に責めていた箇所を、明通寺の切っ先がとらえる。

音生の内側にも、苦痛だけではない疼きがふたたび湧き上がる。

「ああ、あ――、そ、そこ……」

いつか涙があふれ出し、滲《にじ》んだ視界にぶらんと浮いた自分の足先が映《うつ》る。

大きく開いたその足の間で動く、明通寺の引きしまった尻肉《しりにく》。

上気した顔から、ぽつんと汗が垂《た》れてくる。

明通寺も、余裕がなく必死なのがわかった。

「そこ……もっと……」

音生は夢中で、広い背中にしがみつき、自分からねだった。

内奥におさまったものが、どくんと反応し、明通寺の動きが加速した。

深くつながったまま、二人は同時に高みに駆けのぼった。


熱い身体がぶつかりあうひとときを経《へ》て、だんだんと意識が通常稼働《かどう》をはじめた時、音生を訪れたのはそんな思いだった。

に、しても驚いた。

まさか男とこんなことをする——できるやなんて、思ってもみなかった。

平凡だった今までの人生が、根底からひっくり返されたような感じ。

それと、半端ない疲労感。

初めて明通寺を受け入れた部分には、まだ異物感が残っており、中はひりついている。

痛いのに気持ちいい。疲れてるのに、幸せ。

セックスって、こんな感じやったかなあ。

ほんとうのよさを、今まで知らなかっただけではないのだろうか。

そんな、男としての尊厳《そんげん》が揺らぐような考えすら浮かんでくる。

ぐったりと伸びている音生の頭を、大きな手が摑んだ。

「——経験値、二〇〇〇ぐらい？」

どことなく照れくさそうな、明通寺の笑顔をぼんやり見つめる。

「いや、三〇〇〇〇ポイントぐらいゲットした感じ」

「俺はメタルキングか」

軽口が、自分にも通じるものでよかったと思う。

そんなことで喜んでいるということは、俺はよほどこの人のことが好きになってたんやなあとしみじみ思った。

「まあ、初回だから。俺もかなり譲歩《じょうほ》したよ」

ベッドに腹這《はらば》いになった明通寺が言う。

「……どこらへんが譲歩？」

逆に仰《あお》のいた体勢で、音生は訊ねる。自分からうながした側面もあるが、そこを差し引いてもかなり無理をさせられた感があるのだが。

「そりゃ、いろんなサービス特典」

言われれば、ああ、あれとかあれとかあれとかか……と思い当たる。っていうか、あれは初回特典やったんか。今さらながらに思い出す。一度中でいった後も、明通寺は音生にずいぶん奉仕《ほうし》してくれたのだ。

あんな箇所を舐めさせたり、他にもいろいろ……衛生的《えいせいてき》にどうかと思われるような行為の数々。今さらながらに、顔がかっと火照《ほて》ってくる。

「次からは、きみにも要求するから」

ぴん、と額を弾かれた。

「えっ」

あれとかあれを、俺もするんかい……。

理解したが、そういうことをしている自分の図というのは、思い浮かばない。

けど、するんか……。

考えるとめまいがしそうだったが、それよりも、眠気がずしんとのしかかってきていた。俺もそんな年かとがっかりする。

いや、やっぱり、それだけ疲れたってことなんやろう。

まどろみに落ちる寸前、「俺はラッキーやった」という明通寺の声が聞こえたような気がしたけれど、幻聴だろう……関西弁やし。

構内を出ると、小雨が降り出していた。

厚くたれこめた雲が重たそうで、今にも落っこちてきそうな空を見上げながらビニール傘《がさ》をごそごそ開こうとしていると、すぐ横で見憶《みおぼ》えのある赤紫の花がぽんと咲いた。

「――あ」

「今、帰り？」

明通寺が差しかけてくれたので、開く必要がなくなった傘を小脇に挟《はさ》み、音生は大きな傘の下に並ぶ。

「毎日よく降りますねー」

とりあえず、世間話。朝、自分の部屋から出勤した相手に、今さら天候の話もないだろうとは思うが。

「まだ梅雨だからね」

で、明通寺も、他人同士みたいに答えている。

「仕事どう？」

「あ、まあ普通です……明通寺さんは」

「同じく」

訊くまでもなかったなあと反省した。いやそれを言えば、お互いさまなのだ。

「こないだ、レンタル屋で明通寺さんのとこのＤＶＤ借りてる人、見ましたよ」

「それはそれは……って言うと普通の話に聞こえるけど、きみ、アダルト借りてる人にくっついてって、わざわざタイトル覗いたの？」

つっこまれ、まったくその通りの行動をとった音生は言葉に詰まる。

「……たしかにうさんくさい奴ですけども。でも、こっそり見ましたから」

「気づいてると思うよ？　ああいうの借りる時の男の心情って、ナーバスになってるから」

「そうですよねえ……って同意してどうする！」

己につっこむ音生に、明通寺は軽く笑い声をたてた。

「ということは、借りるんだ？」

「……たまには」

恥ずかしながら白状するしかない。

雨粒がはねるアスファルトを、しばらく歩く。濡れて鏡面みたいになった地面に、ネオンの灯りが乱反射する通りを、やがてお馴染みの店の前にさしかかった。

「――あの」

顔を上げると、相手もこちらを見下ろしている。

目と目を交わしあう、一瞬のコミュニケーション。

「せっかくだから」

「寄って行きますか」

やっぱり、同じことを考えていた。偶然駅で会ったことより、会わなかったとしてもどちらかの部屋を訪問するであろう仮定の未来より、今通じ合ったことのほうが嬉しい。

「じゃ、帰りはDVDでも借りていく？」

「越後屋《えちごや》」の前で傘についた滴《しずく》を振り飛ばしながら、明通寺がにやりとした。ああ、またその顔なんですね。見る者のハートにかちんと障《さわ》る、おまえ今ばかにしたやろ！　な表情。けれど、音生にとってはなによりの笑顔だ。悪魔だろうが毒蛇《どくへび》だろうが、今となってはいちばん好きな明通寺の顔。

現金なもんやな、と思う。あの時は、心底死ねと呪《のろ》ったが。東京の人も、それほど冷たいわけじゃないと、機会があれば教えてやりたい——けど、まあ教えんでもいいわ。すぐにわかるから、そんなこと。

引き戸を開くと、「らっしゃい！」と雨模様を弾くような威勢のいい声が飛んできた。

同じ空を見ている

鍋物《なべもの》の季節といったら冬だと思っていたのだが、鍋好き的には、真夏が過ぎればもうシーズン到来なのだという。

言ったのは葉室音生《はむろねお》。隣室の住人。いろいろあった末、めでたく恋人同士になって三ヶ月。休みの前にはどちらかの家に泊まって、そのまま休日を過ごすのがもうすっかりおなじみになっていて、今日、帰宅後葉室宅を訪問したら、彼は玄関脇のキャビネットに顔をつっこんでカセットコンロをごそごそ取り出しているところだった。

「って、まだ九月だよ？」

明通寺綾高《みょうつうじあやたか》が驚いて指摘すると、

「もう九月じゃないですか」

あたりまえみたいに返された。

葉室家では、九月も半《なか》ばを過ぎると、誰からともなく「今日は鍋にしよう」と言い出して鍋解禁になるという。

「というと、やっぱり牡蠣鍋《かきなべ》とか？」

葉室の実家は広島にある。日本三景のひとつ、安芸《あき》の宮島《みやじま》の出身だ。

「それがベストなんだけどねえ、土手鍋《どてなべ》。でも、まだ牡蠣売ってないし。だから今日は、ピリ辛《から》ゴマ鍋」

それはどんなものかといえば、「まあ見てて下さいよ」と目をきらきらさせた。

ようするにチゲ鍋っぽいものなんじゃないかと予想がついたが、本人がサプライズを期しているらしい以上、それを口にしてはもうしわけないような気がする。

で、明通寺はリビングのローテーブルの前に坐《すわ》り、葉室が出してくれたビールを呑《の》んでいる。小皿には、キムチ味のいかの塩辛《しおから》。この時点で、すでにかなりピリ辛だ。

テレビやMDコンポが載ったローボードに背中を預けると、頭にこつんとなにかがぶつかった。

スピーカーの前に置いてある、フォトスタンドだった。

二人で出かけた温泉で撮《と》ったツーショット……ならよかったが、それはユニフォーム姿の野球選手の写真だ。炎《ほのお》のストッパー、津田恒美《つだつねみ》。たしか葉室は一九八三年生まれだから、津田の全盛期のことはほとんど記憶していないのではないか。カープ初の新人王が誕生した年には、まだ生まれてもいなかったはずだ。

地方に拠点《きょてん》を置く球団と、それを応援する熱狂的な地元ファンとの密接な関わりは、わからないでもない。明通寺の故郷にもチームがある。だが、楽天イーグルスがやってきた時にはすでに東京にいたので、地元民の歓喜も昂奮《こうふん》も他人事《ひとごと》、西武ドームで試合だといっても、わざわざ所沢《ところざわ》まで電車で行く気にはなれない。せいぜい、CSの野球チャンネルでテレビ観戦する程度。

葉室みたいに子どもの頃から市民球場の自由席に入《い》り浸《びた》っていた、みたいな育ち方をしてきた野球ファンの気持ちは、やっぱり完全に理解することはできない。

それでも、写真を倒してしまった失態を、そのままにしてはおけなくて、フォトスタンドを立て直す。悲運のエースの投球フォームを一瞬拝んだ後、ついでのように立ち上がった。

テレビの横には、コレクションテーブルが置いてある。全体的に男っぽいインテリアの中にあって、異彩を放つオシャレアイテム。正直、葉室の第一印象から、部屋に上がるまでの流れの中で、そんなものを所有している者だとはまったく思いもよらなかった。

もう何度も見たから、何が入っているかは把握《はあく》している。言ってはなんだが、「なぜそんなものを？」と疑いたくなるようなものが入っている。まあ半分以上はカープ関係グッズだ。

他には、おそらく小学校から高校までの校章。カレッジリング。得体のしれないなにかの貝《かい》殻《がら》。おそろしく小さく折りたたまれている黄ばんだ紙がなにかといえば、中学時代に初めて満点をとった英語のテストの答案用紙だ。

前に、これはなんだと広げてみようとしたら、葉室が矢のようなスピードで飛んできてその黄ばんだ紙を奪った。顔が妙に赤くなっていた。

さてはラブレターかと怪しみ、力の差を利用して腕ずくで奪い返した。ベランダまで逃げてあらためて開くと、なんのことはないテスト用紙。

そんなものまでとっておく心理は謎《なぞ》だ。物が捨てられないたちなのだろうとはわかる。

だから、元カノがあつかましく押しかけてきても、強い態度で追い返すことはできないわけだ……三ヶ月前に味わった、焦《あせ》りとあきらめの混ざった気持ちが蘇《よみがえ》ってきて、口の中が渋くなった。

まあ、その彼女とはよりを戻すこともなく、最終的には追い返した形なのだが。

そういうたちだから、自分のことも受け入れてくれたのかもしれない。最悪な形で出会った時から、明通寺は虎視眈々《こしたんたん》と葉室を狙《ねら》っていたのだが、なにしろ相手は男を恋愛の対象とはしていない。そしてちょっと鈍《にぶ》い。さりげないアプローチにも、いっこうにこちらの意図に気づく様子もない。

過去の苦い経験から、このまま片思いが続いていくのもしかたがないかと思っていたけれど、そこへ元カノの登場である。

なんとなく、よりを戻しそうな雰囲気《ふんいき》に焦《あせ》り、自爆覚悟でうちあけた。意外だったことには、葉室も自分に惹《ひ》かれていたらしい。だが男を好きになるなんてことが、それまでの人生において一度もなかったため、そんな自分の気持ちに困惑していたようだった。

たった三ヶ月前のことが、まるで違う人生で経験したみたいに感じる。

「あーっ、またなんか家《や》探ししてる！」

鼻先をぷんと香ばしい香りがかすめ、振り返ると土鍋を捧《ささ》げ持《も》った葉室が非難の声を上げていた。

顔が赤い……あの日みたいに。

思わずにんまりしていたようで、葉室はますます心外そうな顔になった。

「な、なにがおかしいんですか」

「いや。家探しされると困るようななにかが、まだこの家には隠してあるのかと思ってさ」

「ないですよ、そんなもの」

顔を赤らめたまま、葉室はテーブルにセットしたカセットコンロに土鍋を下ろす。

「まあ、なんでもいいから飯にしよう」

「それはこっちのセリフだって」

蓋《ふた》をとると、鍋の中からもわりといい匂《にお》いのする湯気が立ちのぼった。かすかに、スパイシーな香りもある。

「お、旨《うま》そう」

そして、赤い汁の中で、肉や野菜がぐつぐつ煮えていた。片側ではハマグリがぱっくり口を開けている。

「……旨そうだけど、辛そうだな」

思ったとおり、チゲ鍋みたいだ。辛いものは嫌いではないが、こういうのはやはり、冬場のほうが向いているのではないかと思う。

「辛いから旨いんじゃないですか！　はい、これにとって食べて下さい」

小鉢《こばち》とレンゲを渡される。小鉢の中には、おそらく生の卵がころんと入っていた。

「すき焼きふうの、チゲ鍋？」

「だから、『ピリ辛ごま鍋』だってば」

葉室は器用に、片手で卵を割った。

その手つきに、思わずみとれる。しゃくしゃくと箸《はし》で掻《か》き混《ま》ぜる、その妙に生真面目《きまじめ》な顔つき。真剣モードに入ると、なぜか唇が広がって、なおかつ前に出てくる。アヒル口の女がかわいいなどとは思ったことがないのだが——というより、女のかわいらしさにはまったく興味がない——知らず知らずのうちにアヒル口になってしまっている年下の男、はかわいい。

なんていうことを臆面《おくめん》もなく考えている自分が、内心恥ずかしい。恥ずかしいのだが、それは幸せなこそばゆさをも伴《ともな》っている。いい年をしてと思えば情けなくはあるものの、そんな自分もかわいいなどと思ってしまう。完全に、末期症状だ。

こんな恋愛はひさしぶりで、ずっと求めてやまなかったもので、だから手に入れたばかりの今夢中になるのもしかたのないところで——まあ、そんな自分を赦《ゆる》してやろう。

ピリ辛ごま鍋は、幸い思ったほど辛くもなく、コチジャンと魚介《ぎょかい》のだしがうまく溶け合ってこくのある味を出していた。

「旨い」

無理やりの世辞ではなく、心から言えるのがありがたい。

「でしょ？」

葉室が嬉しそうに言う。寝ぐせをそのままにして出勤したのだろう、片側の髪がはねていて、うさぎがぴょこりと耳を立てたみたいだ。

どうしよう――かわいい。かわいすぎるだろう。

箸を握《にぎ》りしめたまま、床をごろごろ転げ回りたくなった。……これ以上変態だと思われてはかなわないので、とりあえずやらないが。

まあ、今夜から明日朝にかけてするであろうあれこれを考えると、「これ以上の変態」もくそもないのだが。

「明日どうします？」

はふはふ鍋をつつきながら、思い出したように葉室が問うた。そういう関係になっても、基本は敬語だ。まだ日が浅いためか、上下関係を重んじるタイプだからなのかはわからない。そこに微妙な感じでタメ口が入ってくるのが心地よくて、他人行儀にされるのが厭《いや》という感情を上回るから明通寺もいちいち訂正させない。年上の相手とつきあうことが多かったせいでか、敬語を遣《つか》われるのが新鮮だというのもある。

「うーん……どこかに行こうか。そろそろ暑さもおさまってきたし」

ほんとうは部屋で、かわいい恋人といちゃいちゃして過ごしたいところだが、そんな甘い提案を年上の自分のほうから口に出すのは気がひける。嬉しいことや愉《たの》しいことも多いが、この立場もけっこう不自由なことはある。

二人とも暑いのが苦手で、真夏のあいだはそうやってだらだらすることが多かったのだが。

「せっかくだから海とか？　ああー、じゃあ車のほうがいいよな、あ」

葉室は思い出したように小さな声をたてた。

「俺、車買おうかなとか言ってませんでした？」

「知らないよ、俺はきみの秘書じゃないんだから」

実は言っていたのを知っているのだが、そんなこまかな発言まですべて記憶しているっていうのもどうなんだろう……。

「そりゃそうだよねー。車見にいこうかな」

「プリウスでも買うの？」

近所に販売店があるのを思い出した。

「まさか新車では買えん。駅のそばに中古車センターあるでしょ」

「ああ。なんか並んでるね」

「いろいろ並んでる。こないだＢＭＷが二十万ってのはびびったな」

「ええっ!?　それ利益出るの、売った人」

「ですよね。こりゃやっちゃったなっていうか、意外とナンバーワンホストが複数の女に貢がせて、かぶったほうを格安で売っちゃったのかなっていうか……だけどそれでも、二十万はないわ」

「まあ昔、七万のベンツに乗ってた奴《やつ》知ってたけどね」

「マジ？」

葉室は丸い目をいっそうまん丸くした。

「どうやってベンツを七万で。いわくつきっていっても、売りにきたのが最初から幽霊だったとかいうレベルでないとそこまでは……って、父ちゃんから譲《ゆず》り受《う》けたとかそういう話じゃなくて？」

へんなところで鋭いなと、明通寺は内心苦笑をもらした。

七万のベンツに乗っていたのは明通寺自身である。父親ではなく、学生時代に一時だけつきあっていた年上の男から手切れ金代わりに受け取った。ただで、というのはどうにも気分が悪かった——資産家の、いわゆる馬鹿息子で、婚約したから別れてくれという話だった——ため、アルバイトで貯めた金を叩きつけたのだが、それがたったの七万じゃ、こうしてフォークロアまがいの話になってしまうわけだ。

それが、大学二年生の時の話だ。その後、片思いしていたチームメイトと両思いになって、そんな馬鹿息子のことも記憶から薄れてしまった。しかし、怪我をしたのと、その恋人とも別れたのとで、大学を卒業する前に売り払ってしまった——リハビリ代が思ったよりかかったし、デートでどこかへ出かけることももうとうぶんないだろうと思ったのだ。

「七万でも、ベンツじゃ燃費がなあ。まあ、そんな珍しい物件、出てるわけないけど」

箸を咥《くわ》えたまま、葉室が思案にくれている。こう言っているということは、ちょくちょくあの青空展示場を覗《のぞ》いているのだろう。足のこともあり、明通寺はもう車に乗ろうとも思わなくなってしまった。特別仕様車でないと運転できないし、そんな無駄な買い物をする気もない。

「いいよ。じゃ、車を見に行こう」

けれど、一瞬浮かんだ、そんなネガティブな感情も、目の前の恋人のくるくる動く目を眺《なが》めているとなし崩し的な笑いに変わってしまう。

「すいません、じゃ、つきあって下さい」

なんら深い意味もなく言われたのであろう、葉室のその一言のほうが、過去のよどみなんかよりもずっと明通寺の琴線《きんせん》を震わせた。

そんな意味ではなくても、「つきあって下さい」なんて葉室からふいに言われるのは心臓に悪い。

「あー、でも雨かなあ」

明通寺をそんなふうに動揺させているなどとは思いおよびもしないのだろう、葉室は窓のほうに目を向ける。

「ん？　降ってきた？」

「まだだけど、曇《くも》ってる」

立ち上がって、リビングの窓を開ける。そこは既に網戸になっていて、レールは軽やかな音をたてた。

「火、止めようか？」

「あ、うん。あとラーメン煮るだけだから」

鍋はあらかた片付いており、葉室が坐《すわ》っていた床で、黄色いちぢれ麵《めん》の皿が出番を待っている。

いったん火を止め、しばらく待った。

なかなか戻ってこない。目をすがめると、網目越しに、手すりにぶら下がるようにして身を乗り出している背中が見えた。

「——あれ？」

忍び足でベランダに出、並んだところで葉室はやっと気配に気づいたようだ。

「戻ってこないから」

「ちょっと呑みすぎたから、醒《さ》まそうと思って」

少しだけ照れたように笑う。やっぱり好きだ、大好きだと思う。そんな顔も。飄々《ひょうひょう》とした性格も。

「気温は高くても、梅雨時《つゆどき》とかと違って湿度低くなってるから、過ごしやすいですよねー、月も出とらんけど」

やはり乗り出した恰好《かっこう》で言う。ベランダに吹き渡るゆるい風は、たしかに夏の気配を消しており、秋風と呼ぶにはまだそんなに涼しくもないものの肌《はだ》に爽《さわ》やかだ。香りすら涼しい。どこかで虫が鳴いている。

けれど空は曇っているのだろう。もうすっかり暮れて夜になっているが、空には月も星一つも見あたらない。

だが、明通寺にはそれを不満と感じる心はなかった。同じ空を、二人並んで見上げている、そのことがひたすら幸福で、嬉しい。

「高校ん時住んでたの、寮でもないけど学生向けのマンションだったんですよ」

その、墨色《すみいろ》の空を仰《あお》ぎつつ葉室が言う。

「うん？」

「同じ学校の奴《やつ》とか、大学生も住んでたなー……そんで、毎年夏は花火大会、秋には月見して。屋上で」

「屋上で、花火をやってたのか」

「今思うと、よく怒られなかったなって感じやけど。まあ、どのみち呑んで騒いでるだけなんですけどね」

「高校生なのに」

「高校生でありながらも。俺は広島で、愛媛《えひめ》とかから来た奴とかいて……なんか愉《たの》しかったなあ、あの頃」

葉室は珍しく、昔を懐《なつ》かしむような口調だ。どちらかというと前向きで、過ぎたことをぐだぐだ悩まないタイプだが、それでも若い日々を思い出し感慨《かんがい》にふける夜もあるのだろう。まして、長年住んだ関西を離れ、東京に来てまだ半年にもならない。

「月見だったら、ここでだってできるじゃないか」

だが、恋人を回顧《かいこ》に捉《とら》えられたままでいさせるのは我慢ならない。奪い返すべく、明通寺は逆に前向きな発言をした——暗い性格なのを自覚しているにしては、おもいきった明るさで。

「なんだったら、月見団子も作るよ？」

「明通寺さんが？　へー……」

「なんだよ、その目は」

「いや。中は、粒餡《つぶあん》にして下さいね。こし餡じゃなくて」

「わかったわかった。って、月見団子に中身なんてないだろう」

「それが不満だったんだよね。ちょっとでもいいから、甘いのが入ってたら嬉しいのになー、なんて」

葉室はそれを、関西弁のイントネーションで発音し、あらためて柵《さく》の外に腕をぶら下げ、だらりとする。

「危ないぞ」

その実、落っこちそうなほどぎりぎりという体勢でもなかったが、明通寺はその脇の下に手を入れ、柵から引きはがした。

「うぇー、まわるー、世界がまわるー」

「……さては呑みすぎたね？　きみ」

腕の中に抱きこんだ感触は、ぐにゃっとしており完全に酔《よ》っぱらいのそれだ。

「だから、さっきからそう言ってるじゃないすかー……んー」

我慢できない。反《そ》らした白い喉に、思わず齧《かじ》りつく。いつもなら、こんな触れ合いにも恥ずかしがる葉室だったが、ほぼ酩酊《めいてい》状態にあって抵抗も、反応もしない。

逆らわれるのもなんだけど、リアクションなしっていうのもなあ。

だがTシャツの布越しに感じる身体はやはり熱くて、小動物みたいに脈打っているのを感じる。

そのまま柵に押しつけるようにして姿勢を低くし、明通寺はその唇にそっと口づけた。

「ん？」

とたんにぱっと目を開く。眠り姫じゃあるまいにと思いつつ、

「中、入ろう」

また脇の下に手をつっこんで立たせる。

葉室の意識は、やはりあいまいらしかった。

コンコースを抜けた時、見馴れた背中を少し先に見つけた。

嬉しくなって、音生は急ぎ足で人混みを抜けた。

「明通寺さん」

声をかけると、広い背中がぴくりと反応する。いやもしかしたら、「明通寺さんっ」とスタッカートしていたかもしれない。

そんなのを知られるのは、恥ずかしいことだ。しかし、振り返った明通寺は、

「おや」

と、いつものように冷静だ。

「今帰りですか。どっかに寄ってってたり、します?」

相手は、やや眩《まぶ》しそうに目を細めた。

音生は思わず上空を仰ぐ。反射光が射してくるような勢いもなく、落日は九月の町に長い影を引くばかりである。

「いや」

と、さっきと似たような二音。っていうか、「お」が「い」に変わっただけやんけ。

「ちょっと買い物して、それからレンタルショップを覗いて帰る」

「あ、もしかしてマーケティングですね」

「いやまあ、そんなたいそうなものでもないけど」

鼻白《はなじろ》む明通寺は、AV制作会社の営業マン、という職業からはかけ離れて感じられる淡々とした様子で言う。

いやいや、そういう仕事やからってギラギラした性欲満載！　な人間とは限らへんのや。

まだ短いつきあいだが、そのくらいは心得ているはずなのだが。

「つきあいますよ。俺も、買わなあかんものとかあって」

「酒？」

「またそんな、ミもフタもない」

だが事実、買い置きのビールが切れている。

やっぱり、「みやぶる」スキル半端ない。

思いつつ、明通寺に並ぶ。一連のやりとりの間、明通寺はどこか妙な表情をしているのに気づいていたけれど、いまさらいちいち気にしない。まだ謎《なぞ》めいた遺伝子が明通寺の中にはあって、それをひとつひとつ攻略し、宝箱の中身をたしかめていくのがつまり、恋をしているということなのだろう。

「せっかくだから、どっちかの部屋で呑もうか」

スーパーに向かいながら、明通寺が提案した。

「あ、俺のところは、今ちょっと散らかってるので、できれば音生の部屋で」

「それ最初から、選択肢一個しかないじゃないですか！」

つっこむと、愉快《ゆかい》そうに笑う。

部屋の状態がどうだかなんていうことは、実はぜんぜん関係なくて、どこで呑もうが二人でいることには変わりがないから、どんな汚部屋《おべや》でさしむかいだろうが音生はぜんぜん気にしない。

でも今よぎったかすかな動揺は、名前で呼ばれたための揺らぎだ。

そんな仲になって三ヶ月ちょっと。呼び方も、最初の「葉室くん」という常識的なものから、二人きりの時には下の名前に変わった。

関係性を思えば、それはなにも不思議なことではないのだけれど、対するにいまだに明通寺を「さん」づけでしか呼べない自分が、音生はちょっと歯がゆい。

アヤタカさん、って呼んだほうがいいのかなあ。あるいは、おもいきってアヤタカ呼び。

でもなんだか、それはまだちょっと、恥ずかしい。年上の男が年下の男の名前を呼び捨てにするのはあたりまえだが、逆はと考えると、「そんな間柄《あいだがら》でーす」と言っているも同然やないかと己《おのれ》につっこむ声がする。誰もそんなところをかんぐったりしないし、人前では呼ばないからだいじょうぶやろ、とも思うけれど、それでも踏みきれないでいるのは自分が勝手にためらっているだけのことなのだろう。

そやけど、これからずっと続いていくんやったら、なんて呼んだらええか、なんていうのは小さいことや。

いつかその日がきたら、照れや違和感を乗り越えて、自分は彼の名前を呼ぶのだろう。

それが愉しみなようでもあるし、懐疑的な気持ちにもなるけれど、不安よりは期待感のほうが大きい。

「あ、月」

思いめぐらしながら仰いだ空に、細い月が上がっていた。

明通寺も足を止めている。天空に爪痕《つめあと》を残すかのような、深い蒼白色をした月。

そういえば、月見をしようって話もあったんや。

明通寺も、あの約束を憶《おぼ》えているだろうか。

隣で同じ空を見ている恋人を横目に、音生は思った。そして、次の休日のことを考えた。

あとがき

榊花月

こんにちは。ここからあとがきです。あともう少し、おつきあいください。

最近、とても気になっていること。それは前歯。

私の前歯は三本ほど差し歯なのですが、入れて一年後ぐらいに突然、外れたのです。引っ越していたので、夏休みに親戚《しんせき》の家に泊まりこんで歯医者に通うはめになりました。

ご存じの方も多いでしょうが、(当時は)前歯の治療は奥歯より痛い。なぜだかは知らないけど、麻酔《ますい》が切れてくるともう、死ぬほど痛い。それがわかっているため、やがて襲《おそ》いくるであろう歯痛の恐怖と、実際訪れて七転八倒、それでいて身体じたいは健康なため、お腹はすくけど口にものを入れるなんてできないからひもじいまま、と、この三点セットの苦しみに親戚宅の床で悶絶《もんぜつ》しておりました。

あれから(数)十年。その間も、いつまた外れるかとたまに思い出し、恐怖に震えておりましたが、一度も外れていない。なぜだ。成長が止まったため、歯と歯茎《はぐき》が安定した(なんの医学的根拠《こんきょ》もない想像)?　っておいおい、いつまで成長してたんだよ私の身体(実際、大学卒業後も一センチぐらい伸びました)。でも、いつ外れて歯医者行きになるかわかったもんじゃないし……とまあ、その都度《つど》暗鬱《あんうつ》としていたわけですが。

それが最近、どうも歯茎と歯の間になんか隙間がある気がするのです。正しくは、隙間があるように感じられてならない。ふとした折り、舌でその辺りをぐりぐりしていると、いまにもぱかっと差し歯が落ちてきそうな気がする……。

いや、あんまり触るとほんとに外れそうなので、なるべく前歯を使わないことを心がけておりますが、ほんとに明日外れても不思議じゃない気がするのです。あきらかに人生は復路に入ってるし、このままあと何十年かもたせて、歯医者とは無縁な余生を送りたいと願ってやみません。

……で、終わればよかったんですが、今回のあとがき指令は三頁。なんで三頁なんすか斎藤さん（担当）、ここのところずっと二頁だったのにぃ。って気分で書いてますが、三頁ってけっこうあったような気もする。奇特な方はお手元の私本でご確認いただけるとありがたいんですが、この一頁が苦行なのです。事実、前のくだりを書いてからここまで、三十分以上経過してます。三十分あったら、カップ麺《めん》十五個ぐらい作れるじゃないか（で、いつ食うんだよ）！

まあそんなわけで、歯科の技術も当時とは較《くら》べものにならないくらい進歩したかとは思うのですが、私がいま通っている医院はけっこうクラシカルな感じで、こないだも別の部屋から子どもの狂ったような泣き声が聞こえていました。好奇心にかられて覗《のぞ》いてみると、案の定ネットでぐるぐる巻きにされてました……私が子どもの頃にはなかった措置《そち》です。ネットに入って苦痛がやわらぐというなら、いい大人の私でも進んで巻かれますが、どうなんでしょうか。

ていうかそれ以前、現在年に一度の割合で歯茎を腫《は》らし、歯肉マッサージを受けている自分が、もしかしてすごい業病《ごうびょう》にとりつかれているのではということを、もっと心配したほうがいいぞ、私……。でもそんな話になったら厭《いや》なので、ほかの医者にはかからない！　どうせ残り人生も約四十パーセントぐらいだし！　いや、やけくそで言っているのではありませんので、気にしないで下さい……。

と、歯医者とはなんの関係もない小説のあとがきを、なんの関係もない歯医者話でしめくってみました。こんな芸風、私は決して嫌いじゃないです。自分で言うな。

今回のイラストは青山十三《あおやまとおみ》さんです。指定のものとは別に、ちょこっと遊びカットまで描いていただきました。皆様にお見せできないのは残念なのですが、個人的に保存したいと思います。

ＹＥＢＩＳＵの缶の色まで指定する、こんな私の芸風はいかがでしたでしょうか。ってめんどくさい奴《やつ》と思われているのは確実ですが、私は心から感謝しております。どうもありがとうございました。どこにお住まいなのか存じませんが、今夜は青山さん宅のほうを向いて、ＹＥＢＩＳＵの琥珀《こはく》で乾杯だ……いろいろ矛盾《むじゅん》している点は、つっこまないで下さい……。

ここまでお読み下さった皆様。いつもどうもありがとうございます。お忙しいであろう日々のよしなしごとを、ほんの束《つか》の間《ま》忘れていただけたなら幸いです。

それでは、またどこかでお目にかかれますよう。

ベランダづたいにこいをして

ベランダづたいに恋をして

この本を読んでのご意見、ご感想などをお寄せください。
榊 花月先生・青山十三先生へのはげましのおたよりもお待ちしております。
〒113-0024　東京都文京区西片2-19-18　新書館
[編集部へのご意見・ご感想] ディアプラス編集部「ベランダづたいに恋をして」係
[先生方へのおたより] ディアプラス編集部気付　○○先生

初　出
隣人と雨とそれ以外：書き下ろし
同じ空を見ている：書き下ろし

新書館ディアプラス文庫

著者：**榊 花月**　[さかき・かづき]
初版発行：**2010年 4 月25日**

発行所：**株式会社新書館**
[編集] 〒113-0024　東京都文京区西片 2-19-18　電話(03)3811-2631
[営業] 〒174-0043　東京都板橋区坂下 1-22-14　電話(03)5970-3840
[URL] http://www.shinshokan.co.jp/
印刷・製本：**図書印刷株式会社**

定価はカバーに表示してあります。乱丁・落丁本はお取替えいたします。
ISBN978-4-403-52238-3

BREATHLESS 続・だから僕は溜息をつく イラスト みずき健
リゾラバで行こう！ イラスト みずき健
プリズム イラスト みずき健
晴れの日にも逢おう イラスト みずき健

✤新堂奈槻《しんどう・なつき》
君に会えてよかった①～③ イラスト 蔵王大志 （※③定価630円）
ぼくはきみを好きになる？ イラスト あとり硅子
one coin lover イラスト 前田とも
タイミング イラスト 前田とも

✤菅野 彰《すがの・あきら》
眠れない夜の子供 イラスト 石原 理
愛がなければやってられない イラスト やまかみ梨由
17才 イラスト 坂井久仁江
恐怖のダーリン♡ イラスト 山田睦月
青春残酷物語 イラスト 山田睦月
なんでも屋ナンデモアリ アンダードッグ ①② イラスト 麻生 海

✤菅野 彰＆月夜野 亮《すがの・あきら＆つきよの・あきら》
おおいぬ荘の人々 全7巻 イラスト 南野ましろ （※②定価620円）

✤砂原糖子《すなはら・とうこ》
斜向かいのヘブン イラスト 依田沙江美
セブンティーン・ドロップス イラスト 佐倉ハイジ
純情アイランド イラスト 夏目イサク （※定価651円）
204号室の恋 イラスト 藤井咲耶
言ノ葉ノ花 イラスト 三池ろむこ
恋のはなし イラスト 高久尚子
虹色スコール イラスト 佐倉ハイジ
15センチメートル未満の恋 イラスト 南野ましろ
スリープ イラスト 高井戸あけみ

✤篁 釉以子《たかむら・ゆいこ》
パラリーガルは競り落とされる イラスト 真山ジュン

✤たかもり諫也（鷹守諫也 改め）《たかもり・いさや》
夜の声 冥々たり イラスト 藍川さとる
秘密 イラスト 氷栗 優
咬みつきたい。 イラスト かわい千草

✤玉木ゆら《たまき・ゆら》
元彼カレ イラスト やしきゆかり
Green Light イラスト 蔵王大志
ご近所さんと僕 イラスト 松本 青
ブライダル・ラバー イラスト 南野ましろ

✤月村 奎《つきむら・けい》
believe in you イラスト 佐久間智代
Spring has come! イラスト 南野ましろ
step by step イラスト 依田沙江美
もうひとつのドア イラスト 黒江ノリコ
秋霖高校第二寮 全3巻 イラスト 二宮悦巳
エンドレス・ゲーム イラスト 金ひかる （※定価682円）
エッグスタンド イラスト 二宮悦巳
きみの処方箋 イラスト 鈴木有布子
家賃 イラスト 松本 花
WISH イラスト 橋本あおい
ビター・スイート・レシピ イラスト 佐倉ハイジ
秋霖高校第二寮リターンズ①② イラスト 二宮悦巳
レジーデージー イラスト 依田沙江美

✤名倉和希《なくら・わき》
はじまりは窓でした。 イラスト 阿部あかね

✤ひちわゆか《ひちわ・ゆか》
少年はKISSを浪費する イラスト 麻々原絵里依
ベッドルームで宿題を イラスト 二宮悦巳
十三階のハーフボイルド① イラスト 麻々原絵里依 （※定価620円）

✤日夏塔子（榊 花月）《ひなつ・とうこ》
アンラッキー イラスト 金ひかる
心の闇 イラスト 紺野けい子
やがて鐘が鳴る イラスト 石原 理 （※定価714円）

✤前田 栄《まえだ・さかえ》
ブラッド・エクスタシー イラスト 真東砂波
JAZZ 全4巻 イラスト 高群 保

✤松岡なつき《まつおか・なつき》
【サンダー＆ライトニング 全5巻】 イラスト カトリーヌあやこ
30秒の魔法 全3巻 イラスト カトリーヌあやこ
華やかな迷宮 全5巻 イラスト よしながふみ

✤松前侑里《まつまえ・ゆり》
月が空のどこにいても イラスト 碧也ぴんく
雨の結び目をほどいて イラスト あとり硅子
空から雨が降るように 雨の結び目をほどいて② イラスト あとり硅子
ピュア½ イラスト あとり硅子
地球がとっても青いから イラスト あとり硅子
猫にGOHAN イラスト あとり硅子
その瞬間、ぼくは透明になる イラスト あとり硅子
籠の鳥はいつも自由 イラスト 金ひかる
階段の途中で彼が待ってる イラスト 山田睦月
愛は冷蔵庫の中で イラスト 山田睦月
水色ステディ イラスト テクノサマタ
空にはちみつムーン イラスト 二宮悦巳
月とハニーベア イラスト 二宮悦巳
Try Me Free イラスト 高星麻子
リンゴが落ちても恋は始まらない イラスト 麻々原絵里依
星に願いをかけないで イラスト あさとえいり
カフェオレ・トワイライト イラスト 木下けい子
プールいっぱいのブルー イラスト 夢花 李
アウトレットな彼と彼 イラスト 山田睦月
ピンクのピアニシモ イラスト あさとえいり
パラダイスより不思議 イラスト 麻々原絵里依
もしも僕が愛ならば イラスト 金ひかる
春待ちチェリーブロッサム イラスト 三池ろむこ
コーンスープが落ちてきて イラスト 宝井理人
センチメンタルなビスケット イラスト RURU

✤真瀬もと《まなせ・もと》
スウィート・リベンジ 全3巻 イラスト 金ひかる
きみは天使ではなく。 イラスト あとり硅子
背中合わせのくちづけ 全3巻 イラスト 麻々原絵里依
熱情の契約 イラスト 笹生コーイチ
上海夜想曲 イラスト 後藤 星
太陽は夜に惑う イラスト 稲荷家房之介

✤渡海奈穂《わたるみ・なほ》
甘えたがりで意地っ張り イラスト 三池ろむこ
ロマンチストなろくでなし イラスト 夏乃あゆみ
神さまと一緒 イラスト 窪スミコ
マイ・フェア・ダンディ イラスト 前田とも
夢は廃墟をかけめぐる☆ イラスト 依田沙江美
恋になるなら イラスト 富士山ひょうた
さらってよ イラスト 麻々原絵里依
正しい恋の悩み方 イラスト 佐々木久美子
手を伸ばして目を閉じないで イラスト 松本ミーコハウス
ゆっくりまっすぐ近くにおいで イラスト 金ひかる
兄弟の事情 イラスト 阿部あかね
未熟な誘惑 イラスト 二宮悦巳
たまには恋でも イラスト 佐倉ハイジ

＜ディアプラス小説大賞＞
募集中！

トップ賞は必ず掲載!!

賞と賞金

大賞・30万円
佳作・10万円

内容

ボーイズラブをテーマとした、ストーリー中心のエンターテインメント小説。ただし、商業誌未発表の作品に限ります。

・第四次選考通過以上の希望者には批評文をお送りしています。詳しくは発表号をご覧ください。なお応募作品の出版権、上映などの諸権利が生じた場合その優先権は新書館が所持いたします。
・応募封筒の裏に、**【タイトル、ページ数、ペンネーム、住所、氏名、年齢、性別、電話番号、作品のテーマ、投稿歴、好きな作家、学校名または勤務先】**を明記した紙を貼って送ってください。

ページ数

400字詰め原稿用紙100枚以内（鉛筆書きは不可）。ワープロ原稿の場合は一枚20字×20行のタテ書きでお願いします。原稿にはノンブル（通し番号）をふり、右上をひもなどでとじてください。なお原稿には作品のあらすじを400字以内で必ず添付してください。
小説の応募作品は返却いたしません。必要な方はコピーをとってください。

しめきり

年2回　1月31日/7月31日（必着）

発表

1月31日締切分…小説ディアプラス・ナツ号（6月20日発売）誌上
7月31日締切分…小説ディアプラス・フユ号（12月20日発売）誌上
※各回のトップ賞作品は、発表号の翌号の小説ディアプラスに必ず掲載いたします。

あて先

〒113-0024　東京都文京区西片2-19-18
株式会社 新書館
ディアプラス チャレンジスクール〈小説部門〉係